迪士尼经典小说

赛车总动员3

极速挑战

美国迪士尼公司/著　郑澈/译

中信出版集团·北京

黑风暴杰克逊外形炫酷、技术先进，是"升级版"赛车中的翘楚。

数据分析员塞娜丽凭借各种数据，解读"升级版"赛车获胜的秘诀。

"升级版"赛车的优异表现让闪电麦坤、布克、卡尔等车坛宿将刮目相看。

黑风暴杰克逊接二连三地夺冠，连番失利让闪电麦坤逐渐失去自信。

黑风暴杰克逊等"升级版"赛车在一种室内模拟器上训练，获取最佳战绩。

南方赛场赛后，黑风暴杰克逊在镜头前装出和闪电麦坤亲密无间的样子。

在洛杉矶 500 的比赛中,闪电麦坤深陷"升级版"赛车的重围,但仍有赢的信心!

赛车界的新老选手们全力竞速,赛况空前激烈!

一心取胜的闪电麦坤拼命加速，但当他意识到自己失去了控制时，车祸已在所难免！

奇诺和卡布非常担心，车祸之后的闪电麦坤会永远放弃比赛。

麦克长途跋涉，将闪电麦坤运送到除锈灵赛车中心，接受新的训练。

闪电麦坤一到新的赛车中心，大批记者就蜂拥而至！

拉米雷兹是赛车界最棒的陪练,她现在和闪电麦坤一起合作。

多亏了和板牙视频聊天,闪电麦坤才解决了训练中的难题。可是那足以打败黑风暴杰克逊吗?

1

闪电麦坤闭上眼睛,调整着呼吸。"好了,来吧!"他喃喃自语。"集中精力!"他深吸了一口气,"速度!我就是速度!"他脑海中闪现出飞车大战的场面。"胜者为王,败者为寇!小菜一碟!"看台上座无虚席。

脑海中的比赛画面更为激烈了,他突然意识到自己在顺嘴胡说:"说什么呢?!我真傻!"

"对喽,你就是傻。"板牙笑嘻嘻地说。

闪电麦坤吓了一跳。"板牙？"闪电麦坤喊道，没想到有人会打断他的赛前冥想。

"嘿，是我，哥们儿！"板牙来了兴致，"可不，你总是这么说。我记得有一次——"

闪电麦坤打断了他："板牙！你来这儿干吗？"

"我怕你一个人闷哪。"他贴心地说。

"哦，谢了。"闪电麦坤没那么生气了，"可是我需要静一静，我在准备比赛呢。"

这时，车厢门开始缓缓关闭。

"哦，这样啊！"板牙恍然大悟，"哥们儿，你一定行！"板牙说着离开了。

车厢门关上了，闪电麦坤深吸一口气。"好了，"他发动一下车，接着进行赛前准备，"我就是速度——"

可是车厢外面的板牙又打断了他。

"喂！"板牙不管不顾地喊道，"闪电麦坤是我的好哥们儿，他现在需要安静！一点儿动静都不能有！"

闪电麦坤笑起来，过了一会儿才继续准备。"好了，到哪儿了？"他又深吸一口气，说道，"比赛！激烈的比赛！"

他的脑海中再次浮现出比赛的画面，不过这次他回到了水箱温泉镇，和自己的忘年交蓝天博士一起驰骋在静谧、广阔的威利岗上。

蓝天博士已经过世多年了，但闪电麦坤仿佛还能清晰地听到他沙哑的嗓音。他回忆着两人并肩驰骋的场面，仿佛听到蓝天博士说："你才跑了一圈，根本就不是比赛，连周末兜风都算不上。赛车大赛要跑500圈，所有选手一齐奋勇争先，一圈又一圈——内圈，外圈，毫厘之间，游刃有余！这才叫赛车比赛！"

"唉！"闪电麦坤感叹了一声。他止住回忆，心思又回到当下，望着和蓝天博士的那张合照。这时，拖车的厢门开启了。"瞧好吧，博士！"闪电麦坤说着发动引擎，一溜烟开走了。

佛罗里达国际赛车场阳光灿烂，闪电麦坤的身影出现在大屏幕上：他呼啸而过，全速冲进赛场。比赛已经开始了，看台上坐满了观众。闪电麦坤嗖地驶过，观众们只觉得眼前闪过一道红光，现场立刻响起了震耳欲聋的欢呼声。一个叫马迪的粉丝格外引人注目，她喊着闪电麦坤的名字，嗓门特别大。

水箱温泉镇的朋友们也出现在看台上。他们兴奋地欢呼着，而最激动的还是板牙。他穿过人群，往赛道跟前凑。"让一让，对不起，让让。我哥们儿开过来了！"板牙头上戴着一顶帽子，上面是泡沫做成的黄色闪电，好像要刺穿他的脑袋。"闪电麦坤，加油！"他喊道。

闪电麦坤看到老对手快车巴比和韦卡尔跑在前面。他再次缩小自己与他们的距离，发现亚布克也在前面呢。闪电麦坤追到卡尔身边，想到一个甩掉他的好办法。

"嘿，卡尔，油箱盖开了。"

"什么？"卡尔问道。他马上明白闪电麦坤是在开玩笑，赶紧回敬了一句："嘿！你的油箱盖才开了呢！"

"回得好！"巴比很是赞同。

闪电麦坤忍不住大笑起来，率先通过最后的弯道。车迷们欢呼着，享受着闪电麦坤他们呈现的精彩比赛。

当他们开向维修站时，解说员鲍勃·卡特勒斯和达伦·卡提普评论着这几位选手之间这种既是朋友又是竞争对手的关系。

"闪电麦坤、快车巴比和韦卡尔就要进站了。"鲍勃说，"达伦，看看他们三个，真是太好玩了。"

"是呀，他们场内场外都有那么多乐子！"达伦答道。

闪电麦坤进站了，奇诺开始紧张地工作，飞速为他换轮胎。闪电麦坤的赞助商除锈灵公司的锈大叔和灰老爹骄傲地望着他。

"好样的，奇诺。"灰老爹说，"你换轮胎的速度比我哥哥漏油的速度还快呢。"他觉得自己这话说得很俏皮，禁不住笑出声来。

莎莉和板牙也站在附近，紧张地望着他们。轮胎快换完了，闪电麦坤冲莎莉眨了一下眼睛。

"完工！"奇诺喊道，拧好了新轮胎上的最后一颗螺丝，"走吧！走吧！"听到这话，闪电麦坤就冲了出去，把卡尔、巴比和布克远远地甩在了后面。

"这么慢，泡澡呢，卡尔？"闪电麦坤回头取笑着他的朋友。

"什么呀，麦坤，你才泡澡呢！"卡尔回敬道。

闪电麦坤猛地蹿过最后一个弯道，朝终点线冲去。巴比和卡尔一左一右，紧随其后。格旗一挥，观众的欢呼再起，闪电麦坤又赢了。

闪电麦坤喜欢赛车运动，获胜后更加开心了！他进入维修站，朝修理厂开去，这时赛车电视网的前方记者斯香农过来采访闪电麦坤，他们的对话出现在大屏幕上。

"闪电麦坤，在与巴比和卡尔的比赛中，你是怎么保持专注的呢？"

"很简单！我们场上场下都互相尊重。这些选手都很有绅士风度——"

他还没说完，突然看到摄像机外面飞过来一个东西。

"哎呀！"闪电麦坤叫了起来。

噗！突然喷过来一股灭火器泡沫，闪电麦坤被打个正着，再一转眼，他的引擎盖上居然被扔了一个樱桃形状的油桶。闪电麦坤发现自己的样子十分滑稽可笑，一点儿也没有冠军应有的风范。巴比和卡尔狂笑着逃走了。

"哼！一会儿再找你们算账。"闪电麦坤气恼地嘀咕着。

几天后，在哈特兰特赛车中心举行了另一场大赛，卡尔、闪电麦坤、巴比和布克都参加了。几个老对手不相上下，这次卡尔赢了。他们到达维修站时，卡尔所属的恐龙石油队欢呼起来。

比赛结束后，卡尔缓慢地绕场一周，接受观众的祝贺和欢呼。和闪电麦坤获胜一样，斯香农也要采访他，他们出现在大屏幕上。

"卡尔，祝贺你取得了比赛的胜利。"斯香农向卡尔道贺。

"谢谢你，斯香农——"

吱嘎！

"今天发挥得不错——"

吱嘎！

"我要感谢——"

吱嘎！

卡尔每每要回答斯香农的提问，都被一声"吱嘎"打断。当时他没在意，可是说着说着，他发现自己渐渐升高了——

升得太高了,斯香农的采访没法进行下去了。卡尔低头一看,才注意到自己的轮胎不知什么时候变成了充气轮胎——奇诺神不知鬼不觉地换掉了他的轮胎!

"喂,喂!奇诺!"卡尔喊道。

奇诺吹了吹手中的气动扳手说:"进个站,换个胎吧!"

"你们这帮家伙,等着瞧。"卡尔气急败坏地怒吼道。

闪电麦坤和快车巴比狂笑起来,一溜烟地跑了。卡尔想去追他们,但充气轮胎没法转动。没办法,他只好一蹦一跳、跌跌撞撞地朝他们追去。"喂——等等!我这样没法进拖车呀!"

闪电麦坤在赛季中间稍作休息之后,回到了水箱温泉镇。那里阳光明媚,景色宜人,闪电麦坤环绕威利岗进行训练,他状态轻松,在板牙、警长、奇诺和卡布面前急速驶过。大家一阵欢呼。警长为闪电麦坤测试速度,奇诺和板牙戴着同样的帽子,上面有泡沫做成的黄色闪电和95号标志。

"坚持住,伙计!"板牙嚷道。

很快,闪电麦坤又参加了一次比赛,他发挥得很好,又赢了。赛后他开进维修站,对锈大叔和灰老爹说:"怎么样?我的赞助商,可还满意吗?"

"你可别再拿冠军了,好吗?"灰老爹说,"保险杠的润滑油都卖断货了!"

这时,恐龙石油队赞助商老德来到闪电麦坤身边,跟他打招呼:"闪电麦坤!"

"嘿,老德呀,我的老对手还好吗?"闪电麦坤问。

"你要是同意加入我的车队,我立刻就把卡尔给踢出去。"老德说。

他们从恐龙石油队的拖车前经过,卡尔探出头来。

"喂,小心说话,我可都听见了!"卡尔抗议道。

闪电麦坤笑出声来。他和老德见面时总爱这样开玩笑。"再见吧,卡尔!"闪电麦坤笑着说,"下周再……也别见了!"

几天后,在铜峡谷赛车场的比赛中,闪电麦坤还是保持着领先。

"又是一个创造历史的时刻!"解说员鲍勃嚷道,"闪电麦坤和快车巴比不相上下!"

"跟在后面舒服吧,巴比?"闪电麦坤一脚油蹿到了前面,还不忘开玩笑。

"哈哈!"巴比笑起来,"你等着,别眨眼睛,看我怎么超你!"

比赛进入了白热化,观众们兴奋不已,生怕漏掉什么。

"该挥旗了!"鲍勃兴奋地期待着,"这是最后一圈了!闪电麦坤现在领先……"

闪电麦坤受到观众欢呼的鼓舞,专注地紧盯赛道,决心保持住领先的优势。"好了,亮出你的底牌吧!"闪电麦坤冲着后面的巴比喊道,刺激他再加快速度。闪电麦坤和朋友们最喜欢激发对方的全部潜能了,大家的速度越来越快,这才是赛车比赛的真谛。

"瞧好吧！"巴比回应着闪电麦坤的挑战，尽力缩短他们之间的距离。

就在这时，巴比身后突然蹿出一辆年轻赛车，款式新颖，黝黑的车身上配着电光蓝，印着"2.0"标志。还没等快车巴比和闪电麦坤明白过来，这辆车突然一蹿，轻松地超过他俩，将冠军收入囊中！闪电麦坤简直不敢相信自己的眼睛——这家伙是从哪里冒出来的呀？！

2

"我的天哪！"鲍勃也震惊万分，"获胜的居然是黑风暴杰克逊！太出人意料了！"达伦插了一嘴："闪电麦坤和快车巴比甚至都没想到他会赶超上来！"

闪电麦坤停到除锈灵维修站前，望着大屏幕上重放的画面，解说员正拿着话筒兴奋地评论着："这个结果太让人意外！观众们都被惊呆了。我不记得赛车比赛中曾经出现过这种状况。一切发生得太快了，自从年轻的闪电麦坤那次闪亮登场，我们还没见过有谁能以这么快的速度和这么大的力量冲过终点线。"

其他选手都开回拖车了，闪电麦坤却没离开，他还沉浸在震惊当中。他怎么也想不到比赛会这样结束。到底从哪里冒出来的黑马？！

闪电麦坤离开了赛场，慢慢朝拖车开过去，一转弯，看到黑风暴杰克逊正从一辆炫酷的拖车上开出来。黑风暴杰克逊朝闪电麦坤瞥了一眼，加大油门，开走了。巴比和布克来到闪电麦坤身边，他们看着记者们纷纷拥向黑风暴杰克逊。

"巴比，那是谁？"闪电麦坤问道。

"那是……黑风暴杰克逊。"巴比答道。

"是他，就是只菜鸟。"卡尔补充道。

记者们连珠炮似的恭喜黑风暴杰克逊。"真是太不可思议了！""棒极了！""讲两句吧！""我们能照张照片吗？"

"谢谢大家。"黑风暴杰克逊语调平平地说，"谢谢，非常感谢，谢谢你们。"

黑风暴杰克逊从闪电麦坤面前开过去，停到自己的团队跟前，他们都在等他。闪电麦坤笑着开到他身边。"嘿，黑风暴杰克逊吗？"他说，"今天跑得真不错！"

黑风暴杰克逊转身看着闪电麦坤，眼神冷淡，充满了戒备。然后他装出那种粉丝崇拜的语气说："谢谢你，闪电麦坤。超过你，真让人开心哪！"说完，黑风暴杰克逊转过身去。

"谢谢！"闪电麦坤说。"等一等……你说的是'见到你'还是'超过你'？"闪电麦坤这才反应过来黑风暴杰克逊的话，他的笑容消失了，脸色沉了下来。

黑风暴杰克逊又凑近了一些，对闪电麦坤说："我想你听清楚我说的是什么了。"

"啊，是吗？"他的无礼让闪电麦坤感到很惊愕。

一些摄影记者冲过来，准备拍照片："闪电麦坤！黑风暴杰克逊！看这边！我们能拍几张照片吗？"

"好啊，好啊，来吧。"黑风暴杰克逊笑着说，"咱们来张合影吧！你知道吗？多拍几张吧！因为闪电麦坤这么多年一直是我的偶像！真的，这么多年一直是！对吧？我爱死这个家伙了！"

记者们继续争着向黑风暴杰克逊提问，咔嚓咔嚓给他拍照。拍了几张之后，黑风暴杰克逊回到他的团队身边。"我想我惹怒他了。"黑风暴杰克逊从后勤组长身旁开过时，嘴里嘟囔着。他进入拖车，车厢门一关上，就响起了音乐。拖车开走了，只剩下闪电麦坤站在那儿目瞪口呆。

3

"欢迎来到《路霸脱口秀》！"赛车运动电视网的脱口秀节目开始了。主持人咧着大嘴笑着，站在自己获得的活塞杯奖杯旁边，背后是巨大的电视幕墙。"我是主持人路霸，前活塞杯冠军，永远的冠军。当——当——当！最新消息：黑风暴杰克逊给闪电麦坤来了当头一棒。哎哟，我真高兴啊，就像是我自己干的似的。呃，等等，我确实也这样干过！"

屏幕上出现了一张照片：闪电麦坤输给黑风暴杰克逊时

万分震惊的表情。

"好了，先说到这儿。"路霸接着说，"下面有请数据达人塞娜丽来讲解一下到底是怎么回事！"

镜头一转，屏幕另一端出现了一辆亮红色的车，看上去聪明又自信。"路霸，很高兴做客你的节目。"塞娜丽说，"实际上，我更喜欢人们称我为'数据分析员'。"

"好的。那么，黑风暴杰克逊，这位神秘的年轻选手是什么来头，他的速度怎么这么快？"路霸问道。

他们身后的屏幕上突然出现了很多数据信息，塞娜丽解释道："路霸，如果研究一下相关数据，就一点儿也不觉得神秘了。黑风暴杰克逊属于一种'升级版'的高科技赛车，不同于昨天参赛的那些老选手。"

路霸又播放了一次闪电麦坤露出惊愕表情的照片，这次是特写镜头，所有观众都看得十分清楚。"是吗？比如这个老选手？"他笑出声来。

"嗯……是的。"塞娜丽又接着解释道，"黑风暴杰克逊通过利用各项数据技术，达到了最快的速度。"屏幕上出现了黑风暴杰克逊的照片。"这里，我指的是赛车的各项数据。"她扫了一眼照片,"轮压指数、下压力、重力分布、空气动力学……'升级版'赛车,比如黑风暴杰克逊,正是采用了这些优势技术。赛车界正在发生翻天覆地的变化。"

路霸笑了一下:"要是这意味着我的老对手闪电麦坤将被彻底打败的话,这个变化倒是好事呢。对吧,塞娜丽?"

"是的,路霸,如果你要我预测一下,我觉得这个赛季会非常精彩。"塞娜丽说道。

第二天晚上,车迷们再次聚集在赛场,热切地盼望着比赛开始。选手们借着月光,在赛道上试跑。

在解说塔的小隔间里,鲍勃和达伦正分析赛场的情况。

"我说,达伦,"鲍勃看着下面的赛道说,"黑风暴杰克逊确实让人刮目相看……场上出现了六辆'升级版'赛车……"

"……这意味着有六辆老版赛车遭到解雇,为他们腾出了位置。"达伦补充道。

六辆新型赛车动作一致,朝起点开过去。他们看起来很相似,像是同一个模子里刻出来的。

黑风暴杰克逊占据了最前面的杆位,闪电麦坤在他旁边。

"早啊，冠军先生，"黑风暴杰克逊说，"我们的传奇人物，今天可好？"

"呃，还好，谢谢。"闪电麦坤说，"我会很——"

"要知道，"黑风暴杰克逊打断了闪电麦坤，"真不敢相信，我竟然会和大名鼎鼎的闪电麦坤一起进行他的告别赛。"

"你说什么？"闪电麦坤问。

"哈，要挥绿旗了。祝你好运，冠军先生！今天你的运气可不怎么好啊！"

绿旗一挥，黑风暴杰克逊唰地冲了出去。闪电麦坤生气地发动引擎，在后面紧追不舍。

闪电麦坤周围出现了更多的"升级版"年轻选手，轻而易举地超过了他。他们比赛时动作整齐划一，精准到位。闪电麦坤努力向前，都没法取得领先位置。他继续加大油门，成功超过了一些年轻选手，但是黑风暴杰克逊一直遥遥领先，率先冲过了终点。终点挥旗了，黑风暴杰克逊又一次赢得了比赛。

闪电麦坤拼尽全力，才获得了第三名。

与此同时，在赛车运动电视网的演播室，塞娜丽和路霸继续在节目中讨论她的数据分析和发现。

"黑风暴杰克逊和'升级版'赛车获胜的秘诀在于他们的效率更高，他们有能力在每一圈都跑出最佳状态。"

在接下来的几天里，黑风暴杰克逊连续夺冠，整个赛车界议论纷纷。随着黑风暴杰克逊获胜次数越来越多，闪电麦坤变得越来越沮丧。记者们都在喋喋不休地谈论着冠军。塞娜丽主持的节目《活塞杯早知道》取得了超高的收视率。实际上，赛车运动电视网的所有节目都或多或少地和这辆新赛车有关。

几乎每时每刻，闪电麦坤都会听到有关黑风暴杰克逊铺天盖地的报道。

塞娜丽分析了黑风暴杰克逊的每个动作："黑风暴杰克逊性能超群，他获胜的法宝是技术最先进的训练模拟器。"随着她的介绍，电视上播出了黑风暴杰克逊训练的镜头。"这些模拟器可以模拟真正的比赛，参赛选手根本不需要场地实训。"她进一步解释道。

路霸在平头赛车场采访了刚下赛场的黑风暴杰克逊。"活塞杯冠军路霸带您看比赛!向您隆重介绍这位将赛场搅了个天翻地覆的选手——黑风暴杰克逊!"站在黑风暴杰克逊身边的路霸咧着大嘴笑着说,"又一次轻松打败了那个'咔嚓',或者我该叫他'咔吧'?他总是磕磕绊绊地落在后头!我没说错吧?"

这时,闪电麦坤正好到了外面的拖车停靠的位置,他停下来,抬头看着大屏幕,想要听听黑风暴杰克逊的回答。

"不,不,不,路霸,"黑风暴杰克逊回答,"闪电麦坤老奸巨猾,老谋深算,要打败他,我得全力以赴。"

"胡说什么呢!"闪电麦坤很生气,自言自语道。他不看大屏幕了,一扭头,看到一大群记者围住自己的赞助商锈大叔和灰老爹。

"锈大叔,灰老爹!"记者们围上来提出各种问题。

"你们要采取什么措施,帮助闪电麦坤重回巅峰呢?"其中一个问道。

"闪电麦坤会尝试新的训练方法吗?"另一个问道。

"他要退役了吗？你们准备跟他解约吗？"又一个问道。

锈大叔和灰老爹支支吾吾，不知该如何回答。闪电麦坤开过去帮他们解围："好了，各位，别这么大惊小怪的。我最近只是状态不佳，下个礼拜，我就会赢得比赛。"

记者们立刻朝闪电麦坤拥了过来。"闪电麦坤，我有问题！"一个喊道。

"喂，闪电麦坤，看这儿！"另一个喊道。

"好了，今天就到这里吧。"闪电麦坤不想再让记者提问了，"无可奉告。"

"能评论一下卡尔退役的事吗？"一个记者问。

"等等，你说什么？"闪电麦坤中途停了下来。

"卡尔，他已经挂盔退役了。"那个记者说。

"不，"闪电麦坤说，"无可奉告。"说完他就开走了。

他急匆匆地去找卡尔，卡尔已经回到了拖车上。"哎，卡尔！我说，退役是怎么回事？"

见闪电麦坤冲过来，卡尔微微一笑。"我以前问过叔叔，怎么才能知道什么时候该退役。"卡尔答道，"你知道他怎么说？'年轻一代选手出现的时候。'"

闪电麦坤不知该说些什么了。

在车厢门即将关闭的一瞬间,卡尔赶紧说:"咱们以前比赛时真是太愉快了,我会想念这段美好时光的。"

"我也会的。"闪电麦坤说。

拖车的门关上,看不见卡尔了,只剩下闪电麦坤自己。他的心里既震惊,又伤感。卡尔怎么就挂盔了呢?再也没有机会和他赛上一场了?闪电麦坤呆呆地站在原地,望着卡尔的拖车开走。要是能回到从前……回到黑风暴杰克逊没出现的时候……该多好啊。

4

那天晚上，赛车新闻节目继续关注"升级版"赛车，讨论着赛车界正在发生的巨变。在《活塞杯早知道》这档节目中，塞娜丽站到大屏幕旁边。屏幕上出现一张表格，列有活塞杯四十个选手本赛季的各项数据，老一代选手都用方框高亮显示出来。

"路霸，现在出现了更多新变化。"塞娜丽说，"每个星期，都不断有老一代选手退役，像今晚的卡尔；也有越来越多的老一代选手遭到解约,以便为年轻的选手、速度更快的选手腾出位置。这一浪潮席卷而来,还远远没有结束。"在她讲解的同时,大屏幕上老一代选手的方框不断熄灭,表示这些选手陆续离开了赛车界。

但是闪电麦坤拒绝就这样被吓倒。即将在洛杉矶国际赛车场进行的比赛,似乎是他走出阴霾重回巅峰的绝佳机会。

第二天一早,一队飞行表演编队掠过蔚蓝的天空,兴奋的观众挤满了宽阔的看台。扩音器中传来解说员的声音。

"车迷朋友们,大家好!"解说员说,"欢迎大家来到洛杉矶500大赛的现场!这是活塞杯的年度总决赛!今年的活塞杯赛事惊喜连连,今天的比赛同样值得大家期待。参赛各队都在紧张地备战,首先请您关注赛道这边的情况。"

闪电麦坤想到车库去找巴比,突然看到布克和他的赞助商出现在路中间。两个助手拿着两个大箱子,上面潦草地写着布克的名字。闪电麦坤朝布克开过去,但又赶紧停下了,因为他看见布克正急切地跟他的赞助商说着什么。

"你不能这么做!"布克嚷道,"我已经为你们效力近十年了!"

"对不起，布克。"他的赞助商说，"我已经决定了，现在该找一个新选手了。"

"可是，我……我去年赢了两次呢！"布克喊道。

"赛车运动正在发生巨大变革，"他的赞助商说，"我只是在做我该做的事情。"

闪电麦坤看到从巴比的车库里开出一辆车来，赶紧过去打了声招呼："巴比，你知道布克怎么了吗？"说完之后，闪电麦坤才注意到，从巴比车库里开出来的并不是巴比，而是另外一位选手，一辆崭新的"升级版"赛车。

"老兄，我叫丹尼尔。"这辆"升级版"赛车说完，从闪电麦坤面前开了过去。闪电麦坤看了看车库周围，不敢相信自己的眼睛：到处都是"升级版"赛车，没看到一个熟悉的老一代选手。到底发生了什么？情况怎么变化得这么快？他想不明白。

闪电麦坤离开车库区，开始下场热身。闪电麦坤发现自己排在第三排，挨着丹尼尔。

"嘿，冠军先生，"黑风暴杰克逊从前面冲着闪电麦坤嚷道，"你的那些老哥们儿怎么都不见了？"

"黑风暴杰克逊已经完成赛前检查，请驶入杆位。"扩音器里传来解说员鲍勃的声音。

黑风暴杰克逊大摇大摆地驶入杆位，闪电麦坤尽量忍住胸中的怒火。

绿旗一挥，比赛开始。扩音器中传来解说员达伦那高亢的声音："嘣——嚓——嚓——来吧，本赛季最为精彩的比赛震撼开场！"

莎莉和水箱温泉镇的朋友们都紧张地观看着比赛。

"好样的，伙计！"板牙望着闪电麦坤奋力向前冲，兴奋地叫了出来。

比赛一直进行到了晚上，黑风暴杰克逊一如既往地一马当先，闪电麦坤紧随其后。黑风暴杰克逊率先进站，其他选手，包括闪电麦坤也都进站了。斯香农在赛场边进行报道："还剩四十圈比赛就要结束了，处在第一位的黑风暴杰克逊进站了，处在第二位的闪电麦坤也进站了。站内的速度是决定比赛胜负的关键！"

黑风暴杰克逊高效的后勤组立刻开始了工作。

同时，奇诺也以自己最快的速度忙碌起来。

"快点儿，快点儿，快点儿！"闪电麦坤紧张地催促着，"再快点儿，奇诺！快点儿，我得比他先回到赛场！奇诺，快呀！"

几秒钟后，奇诺就完成了！"好了！好了！"他边说边闪到一边。闪电麦坤第一个回到了赛道。

"闪电麦坤的进站速度真快呀！"达伦喊道，"天哪！他又回到了领先的位置！"

"可是，达伦，他能保持住这个领先的地位吗？"鲍勃问道。

很快，黑风暴杰克逊就追到了闪电麦坤旁边。"嘿，闪电麦坤，"他说，"你好啊！听着，伙计，别担心，你跑得不赖。好好享受退休生活吧！"说完，他毫不费力地超了过去。

"黑风暴杰克逊夺回了领先位置！"鲍勃激动地说，"领先的优势明显。"

闪电麦坤怒火中烧，奋力向前冲去，不停地加速，拼尽全力追赶黑风暴杰克逊。

"太不可思议了！"达伦兴奋地叫了起来，"闪电麦坤落后了！闪电麦坤落后啦！越来越落后了！"

"不！不！"闪电麦坤喊道，又加了加速。现在，他与黑风暴杰克逊之间只有两个车身的距离了。谁知闪电麦坤用力过猛……突然，一只轮胎爆了！闪电麦坤失去了平衡，车身开始打转！一圈又一圈，周围的一切都变模糊了，偌大的赛车场里鸦雀无声。

看台上的莎莉惊得倒吸一口气。水箱温泉镇的朋友们都吓了一跳，却无能为力，只能呆呆地望着闪电麦坤在赛场上旋转、翻滚。现场的观众也都目瞪口呆，默默地注视着闪电麦坤赛车生涯中最惨烈的车祸。每次翻滚，他们都能听到车身撞击和摩擦地面发出的巨大声响。

闪电麦坤在场上不住地翻滚着，直到最后停下来，引擎冒出一股黑烟。救护车、救火车和拖车迅速冲到他的跟前，场面一片混乱。观众们屏气凝神地望着，希望能看到闪电麦坤还活着的迹象。

5

一转眼，离闪电麦坤发生那次惨烈的车祸已经有四个月了。闪电麦坤在车祸中幸免于难，现在正在水箱温泉镇的家中休养。这段时间以来，他都没有进行过训练。蓝天博士修理厂的一个小收音机里传出了音乐声。

"欢迎收听《活塞杯夜以继日》谈话节目，本节目是赛车专题节目。"节目主持人乔迈克说完了开场白，"好了，咱们开始吧。首先，咱们还是来说说闪电麦坤吧。还有两周，新的赛季即将开始，但我们还是没有听到任何关于闪电麦坤的官方消息。闪电麦坤经历了他个人职业生涯中最差的赛季——各位听众先别忙着反驳，让我说完——还出了这么大的车祸，我觉得闪电麦坤的赛车生涯很有可能到头了。与此同时，黑风暴杰克逊势头更加强——"

闪电麦坤关掉收音机，深吸一口气，又长长地吐了出来。自己明显不在状态，表现确实不如人意。他瞥见修理厂角落里有一台投影仪，上面积了一层灰，便过去打开了。投影仪亮了，对面的墙上出现一段赛车比赛的录像，片子很旧，画面模糊，声音含混。

一位解说员的声音盖过了一片老式汽车引擎的轰鸣声："选手们已经进入最后一圈了，6号车和12号车正在奋力争夺领先的位置。等一下！半路杀出来了著名赛车蓝天博士！看，今天他要大干一场了！"

看到赛场上的蓝天博士，闪电麦坤脸上不禁露出了笑容。

"干得漂亮！"解说员继续评论着，"一个漂亮的加速，蓝天博士就超过了前面的两辆车！他占据了绝对的领先位置！他把其他选手远远地甩在了后面！他的后勤组长老莫开心极了！真是让人难以置信！"突然，解说员惊叫起来，"不！他遇到麻烦了！蓝天博士失去了控制！"

闪电麦坤望着蓝天博士冲出赛道的影像，心疼地看着他不停地打转、翻滚，最后撞毁在赛场上。急救车辆立刻冲向出事地点，解说员沉痛地说："现场本该是获胜的欢乐场面，现在却转变为一场悲剧。观众朋友们，让我们一起静待蓝天博士的最新消息。发生这样惨烈的车祸，我们只能祈祷今天不会断送蓝天博士的职业生涯。"

闪电麦坤关掉了投影仪。他回想起就在修理厂的这个位置，自己和蓝天博士曾经有过一段对话。

"你觉得是我自己想退出？"蓝天博士沮丧地问。

"他们抛弃了我。伤势恢复之后，我本以为会受到热烈的欢迎。你知道他们说什么了吗？'你已经过气了。'就直接去关注下一个新选手了。"蓝天博士吸了一口气，接着说，"我还有很多本事没机会施展出来呢。"

"嘿，麻烦鬼。"莎莉进来了。听到莎莉叫自己，闪电麦坤停止了回忆。

"嘿，莎莎。"他轻声说。

"好些了吗?"她关切地问,一副欲言又止的样子。

"好了,好了,真的好了。"闪电麦坤略带苦涩地说。

"又想起蓝天博士了?"

"是啊。"闪电麦坤低下了头。"你知道吗,是他们告诉他完了,不是他自己的选择。"他重重地叹了一口气,接着说,"我可不想步蓝天博士的后尘。"

"不会的。"莎莉答道。

"会的。我现在这样,没法重回赛场,肯定不行。"

"那就改变一下,"莎莉说,"试试新的方法。"

闪电麦坤还在犹豫:"我不知道,莎莎,我——"

"别担心失败,"莎莉打断了他,"别担心你没有获胜的机会,你有的。你有蓝天博士没有的机会。"她停了一下,留出时间让闪电麦坤想一想。"你可以选择把握住这个机会,或者继续现在这种状态——在修理厂里躲几个月……"她看了看四周,然后调侃地说,"这段时间,你在修理厂里过得还不赖嘛,看看这里,幽暗的灯光,刺鼻的霉味。再看看你自己,我觉得你身上这层灰白的底漆挺好看的,啊,我从没觉得你像现在这么帅。在修理厂里待上一会儿……这里的一切……我也开始习惯了——"

"好了，好了，莎莎，"闪电麦坤说道，"我明白你是什么意思。"

"我很想你，麦坤，我们都很想你。"

"试试新的方法。"闪电麦坤重复着莎莉的话，陷入了沉思。

这时，板牙突然闯了进来。"嘿，莎莉，你成功了吗？"他问道，"你有没有用律师的三寸不烂之舌劝他改变一下？"

莎莉望向闪电麦坤，想听听他怎么回答。

"他准备好开始恢复训练了吗？"板牙问道，也看向闪电麦坤。

"怎么样啊，麻烦鬼——呃，麻烦鬼？"她开起了玩笑。

"是的，板牙，我准备好了。"闪电麦坤笑着说。有朋友真好！

"啊——太好了——"板牙喊了出来。

"自己的命运自己把握。"闪电麦坤对莎莉说。

"这正是我想听到的。"

"我想好了，我得和锈大叔、灰老爹谈谈，好吗？"闪电麦坤说。

"我来叫上大家!"板牙边说边冲了出去,"明白了吗?叫上大家!"他使劲按了按喇叭,把玩笑开到了家。突然他停了下来,抽了抽鼻子,"哎呀,等一下,我得打个喷嚏。"他抽了抽底盘,缩了缩车架,叹了口气,"糟糕,打不出来!嘿,我在芙蓉店里等你们。"板牙开走了,刚过一秒钟,他们就听到一声响亮的喷嚏,接着传来一句:"打出来了!"

闪电麦坤和莎莉对视一眼,大笑起来。闪电麦坤心情大好,准备重新参加比赛了!

6

一会儿工夫,芙蓉、板牙和水箱温泉镇的一众朋友齐齐聚集在芙蓉咖啡店,跟锈大叔和灰老爹视频聊天。

"还记得那辆来自埃弗里特的车吗?"锈大叔问道,一想到这件事他就笑起来,"记得他吗?"

"他倒车时卡住了!"灰老爹说,"我说:'你需要一个带圆形车道的房子!'"

锈大叔和灰老爹笑起来,芙蓉也被逗笑了。"你们两个有空来这儿坐坐呀,"她说,"我新出了一款用你们名字命名的新饮品。"

"没错!"板牙插嘴道,"'除锈灵炸弹',咕嘟一口就能喝光光,比一百层楼高的电梯下去得还快!"

锈大叔和灰老爹开怀大笑。这时,闪电麦坤和莎莉也来了。大家开心地打招呼,看到闪电麦坤出来走动,朋友们都非常高兴。闪电麦坤看了看四周,大家突然都安静下来。

"哎呀,"他说,"没想到大家都来了。"

"对不起,哥们儿,"板牙说,"原来你是想单独视频聊天哪?"

"不不,板牙——这样很好。"闪电麦坤深吸一口气,"我是想说——谢谢,谢谢大家,谢谢你们一直支持我。我花了些时间思考,现在我知道该做出些改变了。"

"改变?"士官长问,"什么样的改变?"

"是的,拒绝改变不行。"辉哥说道。

"辉哥,你说得对。"闪电麦坤说。

"是吗?"闪电麦坤的话让辉哥有些意外。

"这就是我要宣布的事情。"闪电麦坤答道。大家都变得有些紧张，焦急地等待闪电麦坤继续说下去。"我认真考虑了很长时间，"他接着说道，大家都聚拢过来探过身子听着，生怕漏掉一个字，"在心里反复思考，考虑了各种可能性。我已经决定——"

"继续比赛？"卡布脱口而出，实在太担心了，他的话道出了所有人的心声。

"谁说的？"闪电麦坤开了个玩笑，"我当然继续参加比赛了！"

大家长舒一口气，爆发出热烈的欢呼声和叫好声。

"好家伙！"板牙感叹道，"我还以为……等等，我就知道！"

"朋友们！"闪电麦坤打断了大家的欢呼，"这个赛季我一定赛出最好水平！"

大家高兴得跳了起来。

"我们就等着你这句话呢！"灰老爹在视频中高兴地说。

闪电麦坤等大伙儿平静下来，严肃地说："问题是，要想打败黑风暴杰克逊，我需要像他那样训练。"

"我们早就想到了，伙计！"灰老爹回答说。

"闪电麦坤，明天一早你就起程吧。"锈大叔说道。

"这样，你可以去看看，看看焕然一新的……"灰老爹接过话头。

两个人一齐大声说："除锈灵赛车中心！"

"漂亮极了！"灰老爹骄傲地说。

"等等——什么？"闪电麦坤脸上露出笑容，"除锈灵赛车中心？"

"里面配备了各种'升级版'赛车训练所需的新玩意儿，"灰老爹介绍着，"我们已经把地址发给老麦克了。现在就开始准备吧，好不好？"

"好的！"闪电麦坤感到十分意外。

锈大叔和灰老爹挂断了视频，屏幕黑了。在场的朋友们爆发出了更大的欢呼声，他们觉得非常开心，充满了希望。

闪电麦坤和莎莉一起出了咖啡店，卡布和奇诺也匆匆离开了。

"快走！快走！"奇诺边走边叨咕着。

"奇诺，快点儿！"卡布不停地催促着，"咱们得赶快准备好轮胎！"

雷蒙和闪电麦坤并排向前行驶。"嘿，麦坤！"雷蒙叫道，"你可不能就这么一身底漆去比赛呀。来吧，跟我来！"

闪电麦坤随雷蒙一起离开时，回头看了看莎莉，发现她正面带骄傲地目送着自己。

没过多久，闪电麦坤就停在雷蒙汽修厂的升降台上。雷蒙忙碌起来，帮闪电麦坤喷上了一层新的外漆。他喷完后，闪电麦坤照了照镜子，发现漂亮极了。"雷蒙，身手不错呀。"他感激地说。

"你和大卫像一样完美——你就是一个行走的大卫像。"雷蒙赞叹道。

闪电麦坤盯着镜子中的自己，眼睛里流露出坚毅的眼神。"黑风暴杰克逊，接招儿吧！"他坚定地说。

7

第二天一早，当第一缕阳光刚刚照到水箱温泉镇红色的岩石上，麦克就准备好拖车整装待发了！水箱温泉镇的朋友们聚集在闪电麦坤周围，对他的新装啧啧赞叹。

"真亮啊！"士官长感叹地说。

"看起来棒极了！"辉哥称赞道。

在进拖车以前，闪电麦坤转向莎莉。"你看起来……不一样了。"莎莉一脸的温柔。

"当然不一样了。"闪电麦坤并没有听出莎莉这句话的言外之意。

"你看起来……准备好了!"莎莉体贴地说。

卡布和奇诺唰地开了过来,奇诺拖着一个巨大的箱子,准备好出发了。

"奇诺,来吧!"卡布嚷道,"借光,借光!轮胎过来了。"

闪电麦坤正准备上拖车,这时,荔枝婆拍了一下他的后保险杠,吓了他一跳。

"嘿,赛车小子!好好享受你的夏令营吧!"她嘱咐道。

莎莉笑出声来,闪电麦坤上了拖车,突然,他停下来冲着朋友们喊道:"咱们佛罗里达见吧!"

大家都祝他好运,和他挥手告别。

"记得打电话给我!"板牙嚷道。

"小心别超速!"警长叮嘱说。

莎莉和闪电麦坤对视,目光里都充满了希望和感激。拖车车门关上之前,闪电麦坤说:"莎莎,谢谢你为我做的一切。"

"随时为您效劳。"她调皮地说。

"除锈灵赛车中心,我们来啦!"麦克高喊起来,"好好享受吧!"

车厢门一关,麦克随即启动。他开离水箱温泉镇,沿着蜿蜒的公路,驶过千山万水,经过一天一夜,来到了除锈灵赛车中心。

闪电麦坤端详着眼前这座宏伟的现代建筑,整幢建筑外面都是玻璃幕墙,从路边向里纵深很长。门前的车道模拟成赛道的弯道,建筑的主体结构仿造赛车场看台的样子。大块玻璃反射着灿烂的阳光,让整个赛车中心通体闪闪发光。闪电麦坤迫不及待地要到里面看看。

拖车的门缓缓打开,闪电麦坤刚下拖车,一大群记者就围了上来。他们喊着他的名字,提出各种问题。

"嘿,闪电麦坤!看这里!"一个记者喊道。

"你看到黑风暴杰克逊最近创造的纪录了吗?"另一个大声问道。

"闪电麦坤,你打算退役吗?"

闪光灯闪成一片,闪电麦坤急忙眯起眼睛。卡布和奇诺赶紧冲到前面,尽力驱开记者,保护闪电麦坤。

"好了!"卡布嚷道,"够了。无可奉告!对不起,让一让！借光，借光！退后，退后！"

但是，这些记者和摄影记者还是不停地往前挤，喊着闪电麦坤的名字，不停地拍照。

"不许照相！"卡布制止他们，"别照了，别照了，别照了！哎！退后，退后。别照了，别照了，别照了！"

他们保护着闪电麦坤穿过密密麻麻的相机阵，躲开漫天的问题，好不容易才进入赛车中心。"狗仔队真讨厌！"奇诺喊道，隔着玻璃门"呸"了一口门外的记者。

摆脱了狗仔队的干扰，闪电麦坤、卡布和奇诺惊讶地望着美轮美奂、设施先进的赛车中心。宽阔的大堂中心耸立着一座巨大的"95"号数字雕塑，印着雕塑图案的条幅从高高的天花板上垂下来。

"天哪！"闪电麦坤感到非常震撼。大厅里还有很多独立的展品，展出了闪电麦坤的各种造型和比赛的精彩瞬间。

锈大叔和灰老爹兴高采烈地来到闪电麦坤他们身边，灰老爹期待地问："你觉得怎么样啊？"

"我觉得怎么样？简直太不可思议了！"闪电麦坤激动地叫道。他继续望着四周，想一下子把整个赛车中心看个够。

"伙计们，你们怎么做到的？"

灰老爹看了看锈大叔："你来说，还是我来说？"

"啊，你来吧！"锈大叔说，"你说吧！"

"我们卖掉了除锈灵公司！"灰老爹突然宣布。

"什么？"闪电麦坤不敢相信这是真的。

"凭我们两把老骨头怎么能建成这座中心呢？"灰老爹笑着说道。

"等一下，"闪电麦坤打断了他，"你们卖掉了除锈灵？"

"这是好事。"灰老爹接着解释道，"我们知道自己已经无法满足你现在的需要了。而且，我们也觉得这个时机很合适。"他微笑着说，"我的意思是说，我们也不再年轻，不该再耍酷了！"

"是的，说得好！"锈大叔附和着，两个人大笑起来。

"另外，有个叫斯特林的人，有你需要的一切高科技的玩意儿。"灰老爹补充道。

"哦？斯特林？斯特林是谁？"闪电麦坤问道。

"闪电麦坤！"突然响起了一个十分友好的声音。从一个巨大的滚梯上下来一辆时髦的银色车，他微笑着迎接闪电麦坤:"欢迎,欢迎!你的到来,让这里蓬荜生辉啊。"

"这位是东海岸的挡泥板大王!"锈大叔向闪电麦坤介绍道,"同时,也是你的超级粉丝!"

"欢迎来到除锈灵赛车中心!"斯特林热情地说,"你不知道我多么期待见到你。"

"谢谢,先生……"闪电麦坤还没从震惊中缓过神来。

"别那么客气,叫我斯特林就行。我一直都是你的粉丝,现在又成了你的赞助商,真是太好了!"他转向锈大叔和灰老爹说,"我不知该如何感谢你们!"他探身过去,低声说:"你们真会讲价呀!"

"哈哈,真是过奖了——但是,我们不在意,接着夸吧!"灰老爹幽默地回嘴。他和锈大叔又一起大笑起来。

"我就过来打个招呼,你们慢慢聊,不着急。"斯特林又冲着锈大叔和灰老爹说,"请记住,除锈灵赛车中心的大门永远向你们敞开!"这时,一辆叉车拿着一个笔记板过来,要斯特林看看。斯特林冲着闪电麦坤他们点了点头,就退到一边处理事务了。

闪电麦坤、锈大叔和灰老爹朝门口走去。他们站定了脚步，闪电麦坤有些哽咽，不知该说什么好。新的赛车中心让他非常兴奋，可是要与锈大叔和灰老爹分别，又让他十分难过。"我会非常想念为你们车队效力的日子！"

"知道吗，闪电麦坤，你也给了我们许多难忘的记忆，我们会永远记得的！"灰老爹说。

"说得对！"锈大叔赞同地说。

他们朝门口走去，到了门口，锈大叔又回过头来冲闪电麦坤喊道："喂，不论怎样，可千万别像我兄弟那样开车！"

"也千万别像我兄弟那样开车！"灰老爹也反击道。

锈大叔和灰老爹刚走出赛车中心，记者们就拥上来，包围了他们。"不，请让让，"灰老爹说，"别拍照了。再来一张也行，把我照得好看一些，好吗？"

望着他们，闪电麦坤笑了起来。然后他转过身来，接着环顾赛车中心，一件展品引起了他的注意。他来到跟前，才发现沿着走廊还摆着很多。

斯特林出现在远处，走过来问："怎么，你喜欢这件？"

"嘿，斯特林先生。天哪！这面墙展示了我的全部比赛，还有蓝天博士，真好！"

"当然得有他了——他是你的导师嘛。"斯特林回答说,"他的逝世是赛车界的一个巨大损失。"

"确实如此。"闪电麦坤完全同意。这时,他注意到另一件展品。在一个架子上,摆放着一些玻璃罐子,里面装着泥土和沥青,上面贴着标签。"泥土?"他问道。

"那些可是圣土,"斯特林答道,"每一罐都来自蓝天博士比赛过的场地:佛罗里达国际赛车场,沿着这条路就可以到达的雷霆谷赛车场,还有外面那个咱们自己的训练场——火球沙滩。"

"啊哈,那不是——"闪电麦坤指着一个罐子说。

"一罐格伦埃伦赛车场的沥青——"

"我第一次获胜的赛车场!"闪电麦坤高兴地叫了起来,"你可真是个名副其实的忠实粉丝啊!"

"是的,我会一直是你的铁杆粉丝。"斯特林直视着闪电麦坤问道,"你准备好了吗?"

"当然!"闪电麦坤坚定地说,这么长时间以来,他第一次觉得自己真的做好了准备。

"首先,咱们先来换个时尚的造型吧。"斯特林建议道。

8

噗噗！砰砰！三下五除二，闪电麦坤就换了一个非常现代的外壳。他不舒服地扭了扭身子，觉得这种材料有点儿紧。

"这是一种电子外壳。"斯特林看到闪电麦坤不解的神情，便解释道，"有了它，我们就可以记录你的速度和各项重要参数。"

"真的？可以用来打电话吗？"闪电麦坤问道。

"别傻了！赛车上哪有电话呀！"斯特林开玩笑地回应。

过了一会儿，闪电麦坤从一个高高的露台，望向下面的训练场。看着里面各种各样先进的训练设备，他不禁感叹道："真是太棒了！"

"还不赖，是吧？"斯特林领着闪电麦坤来到下一层，继续参观。"现在这里成了很多年轻选手最向往的训练场地，他们将陆续加入除锈灵车队。你除了去佛罗里达参赛之外，会一直在这里训练。"斯特林边带着闪电麦坤参观边介绍这些设备，"训练模拟器、风洞、虚拟现实训练设备……"

这时，他们遇到三个戴着虚拟眼镜的年轻赛车选手，不小心撞到了一起。"他们还在适应阶段，"斯特林继续介绍，"以后会组成一支高水平的车队——"

"那就是训练模拟器吗？"闪电麦坤打断了斯特林。

"呵呵，是的。闪电麦坤，请允许我向你介绍这台价值数百万美元的训练模拟器，它可是模拟器中的战斗机。"斯特林骄傲地说道。

闪电麦坤对这台模拟器啧啧称奇。

"它的型号是 XDL 24 GTS MARK Z。"斯特林如数家珍。

"这台什么什么 XDL 24……真漂亮啊！"闪电麦坤欣

赏着崭新的模拟器，赞叹不已。

"黑风暴杰克逊做梦都想在这台模拟器上训练呢。"斯特林神气地说。

这话让闪电麦坤非常吃惊。模拟器放在一个高于地板的展台上，他迫不及待地想到跟前去仔细看看。他和斯特林开上了展台，这时，闪电麦坤看到模拟器上有一台黄色的小车，背对着他。周围有三辆"升级版"的年轻赛车，在观看这辆黄车训练。模拟器的屏幕上出现了挥舞的格旗，黄车冲过了终点线。展台降了下来，转动了一下，黄车从模拟器上下来了，围观的选手们爆发出一阵欢呼。

"这和在真实的跑道上训练一样。"黄车对这些年轻的选手解释道，"现在就开始训练吧，咱们到模拟赛道那边去。走吧，让我看看你们的本事！"

黄车从闪电麦坤和斯特林旁边驶过，领着这些年轻的选手去模拟赛道区了。

"那位选手是谁呀？"闪电麦坤好奇地问。

"不，不，她不是赛车选手。"斯特林笑着说，"她是酷姐拉米雷兹，业内最优秀的赛车陪练。"

闪电麦坤和斯特林望着这些"升级版"的年轻选手登上模拟赛道,开始训练。闪电麦坤好奇地睁大了双眼。他注意到每个模拟赛道的上方都有一个速度显示屏。这些选手的速度在170迈至180迈之间。这时,拉米雷兹跳上陪练模拟赛道,开始和她的学生一起训练。她的赛道模拟器上有一个控制板,可以控制"升级版"年轻选手的设备。

"准备好了吗?迎接挑战,挑战自我,敢打硬仗!"她喊道,像个军训时的教官。

"升级版"年轻选手们和她一起喊起了口号。

"好了!现在开足马力!"

"真有气势呀!"闪电麦坤小声对斯特林说。

"是的,我们称她为'激励大师'。"斯特林答道。

"罗纳德,你的动作又有点儿紧,没放开。"拉米雷兹提醒这个选手。

罗纳德跑动的动作是有些紧,可他不愿意承认,还嘴硬地说:"我没事。"

"调节一下吧。"拉米雷兹命令道。她按下控制板上的一个按键,罗纳德的显示屏上出现了一张图片:蔚蓝的天空中飘着一朵白云。

"我是一片云,我是一片云,我是一片云。"罗纳德嘴里念叨着,慢慢放松下来,速度提高了。

"非常好!"拉米雷兹高兴地说。

"你真的是一片云。"旁边的一个选手取笑罗纳德。

"闭嘴,科特!"罗纳德喊道,动作又变得不自在起来。

"科特,飞虫训练马上开始,你准备好了吗?"拉米雷兹也给科特布置了训练任务。

科特一缩头,赶紧集中注意力:"好了!"

拉米雷兹按下控制板上的一个按键,科特模拟赛道前方突然飞出一大群虫子,朝科特冲过去。过了一会儿,飞虫消失了,科特脸色一亮:"嘿,这次我可没闭眼!"

"对了,眼睛得盯着赛道!"拉米雷兹又强调了一遍。

"啊,不。"拉米雷兹注意到另一个选手加贝尔的速度非常慢,他溜号了。"加贝尔,又想家了?"她轻声问道。

"是的。"他回答说。

拉米雷兹又按下一个按键,加贝尔的模拟跑道上立刻传出了欢快的拉美音乐,他的屏幕上出现了自己家乡的照片。

"圣塞西莉亚！我的家！"他亲切地呼唤着。

"想想你的家乡！为它而战吧！"拉米雷兹激励着加贝尔。

加贝尔的速度明显提高了，速度屏上的数字一直在增加。

"谢谢！"

"甭客气！"拉米雷兹用他的母语回答。

"真好！"这么先进的设备，拉米雷兹这么优秀的训练技术，一切都让闪电麦坤惊叹不已。

"她可以帮助年轻的选手克服自己的障碍，"斯特林在一旁解释道，"为每位选手量身打造合适的训练计划。"他看向闪电麦坤，接着说，"她会和你一起训练。"

斯特林招呼了一声拉米雷兹，然后和闪电麦坤一起来到了训练大厅。拉米雷兹关掉模拟跑道，让训练的选手休息一会儿。"我来给你介绍一下，这位是闪电麦坤——"

"激励大师，你好。"闪电麦坤主动打招呼。

"斯特林先生，您刚刚说闪电麦坤来这儿，我怎么没看到呀？"拉米雷兹出人意料地说。"这肯定是个冒牌货，"她上下打量着闪电麦坤，不屑地说，"你看他又破又旧，轮胎都瘪了。"

"喂！"闪电麦坤气得嚷了出来，"你胡说！"

"很好，保持住，学会利用这种怒气！"

"啊？哦——"闪电麦坤明白过来，笑了起来，"好的，我懂了，我可以运用这种情绪激发斗志：轰——轰——"

"麦坤先生，这就是情绪训练法。"拉米雷兹进一步解释说，"犹豫、愤怒、恐惧——各种各样的负面情绪都可以用来达到正面的效果！"她微微一笑，"能和你一起训练我非常开心，我是看着你的比赛长大的。"

闪电麦坤点了点头说："真的？"

"训练那些年轻的选手很棒，但我更喜欢挑战一下训练老选手！"拉米雷兹说得很直接。

闪电麦坤笑了笑，没有计较她的直截了当："我还没有那么老吧……"他没再说下去。

"告诉你吧，我把你当作我的'老年项目'。"拉米雷兹说完，一脸挑衅地看着他。

面对这样定了性的称呼，闪电麦坤无言以对，只好眨了眨眼睛。

9

训练大厅中回荡着节奏明快、动感强劲的拉丁音乐，拉米雷兹随着节奏摆动着身体。"我们先活动开老化的关节。"她提高嗓门，盖过了音乐声，好像在教一个老年健身班。

闪电麦坤站在原地望着她。他刚开始不会做，慢慢地才跟上。

"首先，轮子伸展运动！"她跟着拍子说，"向前，放松；向前，放松。和我一起做！放松……"

"怎么总是放松呀？"闪电麦坤不耐烦地问道。

"你得慢慢来。"拉米雷兹不急不慌地说。她跟着拍子喊道："向前，够一够你的午饭；向前，够一够你的午饭；向前，够一够……够什么？够一够——午——饭——"

闪电麦坤不屑地翻了翻白眼，跟着拉米雷兹做了起来，慢慢地抬起每个轮胎，转一转，放下。他叹了一口气，这可不是他想要的训练。

"现在，反过来！"拉米雷兹一板一眼地说，"午饭在这儿吗？"

"咱们什么时候才能使用模拟器呢？"闪电麦坤有点儿等不及了。

接下来的几天，拉米雷兹让闪电麦坤进行了花样百出的练习。有一次，她安排闪电麦坤登上一个跷跷板似的装置，然后探过身来，打了声招呼："早上好，麦坤先生。"突然她竖起装置，闪电麦坤立刻就大头朝下了。他的后轮悬在空中，车头就快碰到地面了。

"哎呀！"闪电麦坤很不舒服，叫了出来。

"不错！"拉米雷兹满意地说。闪电麦坤问这样做有什么用处。"这样可以让汽油进到平时不太容易到达的位置。"她耐心地解释着，随手在下面放了一个接油盘。

"那是……接油盘？"闪电麦坤吓了一跳，赶紧问道。

"不怕一万，就怕万一呀！"拉米雷兹欢快地说。

"我有那么老吗？你以为我会尿裤子吗？"

拉米雷兹没吱声。"想象你自己正沿着陡峭的山坡向下冲。"她引导着闪电麦坤。"我过一会儿就回来。"说完就真的把他晾在那儿了。

"想象？等等，别走！"闪电麦坤想喊住拉米雷兹，可她头也没回地离开了。"一会儿是多长时间哪？"他大声喊道。

闪电麦坤很快就意识到她不会很快回来的，他叹了口气，没办法，只好忍着。"我真想现在就到模拟器上去训练哪。"他自言自语道。

就在这时，上次见过的科特恰好从旁边经过："感觉怎么样，尿裤子先生？"

又过了一会儿，拉米雷兹终于让闪电麦坤踏上了模拟赛道。他偶然一扭头，看到旁边科特的速度比自己快得多。

"您老悠着点儿。"科特调侃道。拉米雷兹过来检查闪电麦坤的进度。"我设定了最高时速，免得你用力过度。"拉米雷兹说，"你要想象自己打败了——这个家伙。"她按了一个按键，闪电麦坤面前的屏幕上出现了黑风暴杰克逊的照片。

"黑风暴杰克逊？"

"嗯，对呀！打败他！打败他！麦坤先生，打败他！"

"打败他？"闪电麦坤说，"以5迈的速度？"

"你先睡一觉，然后咱们再提高速度！"

"睡一觉？我不需要睡觉！"闪电麦坤非常生气。

其他的"升级版"赛车听了都笑出声来。

"我绝不睡觉！"闪电麦坤说。

那天晚些时候，拉米雷兹在打坐冥想，风铃发出叮叮当当清脆的响声。闪电麦坤睁开眼睛，打了个哈欠。

"闪电麦坤先生，睡得可好？"她问道。

"我觉得……我真觉得非常解乏。"他说。这时他闻到一种奇怪的味道。"怎么有种橡胶燃烧的味道？"他发现四周燃着很多根香，烟气缭绕。突然，进来一些训练助手，他们轻轻地扒掉了闪电麦坤的轮胎。"哎，干吗呢？"闪电麦坤惊叫道。

"你一直在使用这些轮胎，"拉米雷兹话锋一转，"可是你有没有花过时间，了解一下它们呢？"

"什么？我是不是听错了？"

"轮胎也是有生命的，你应该给每个轮胎起个名字。"

"给轮胎起名字？"闪电麦坤惊讶得下巴都快掉下来了，"无聊，我可不干。"

"我的轮子分别叫玛丽亚、胡安妮塔、罗纳尔多和戴比·理查森。"

"我没听错吧？"

"每个名字都大有来头呢！"

"可不可以把轮子还给我，我要到模拟器上去练习。"

"快给它们取个名字吧！"拉米雷兹强硬起来。

"好吧。左轮、右轮、后轮一、后轮二。"

"这让你很抓狂,对吗?"

"是的,没错!"

"学会驾驭这种情绪!"

过了一会儿,训练场里又响起了尊巴舞曲。"用力,放松;用力,放松。"拉米雷兹和着拍子,有节奏地按着喇叭,"现在,感受一下轮胎有些磨损……"

闪电麦坤绝望地翻了个白眼,他突然看到一辆"升级版"赛车刚好从模拟器上下来。

"放慢速度,放慢速度!"拉米雷兹继续和着拍子说,"现在,想象一下清理车身:用雨刷扫掉虫子,用雨刷扫掉虫子。"

"我真是够了,谢了。"闪电麦坤停了下来。

"麦坤先生!"拉米雷兹看到他离开了,大声喊道,"你要去哪儿?"

闪电麦坤飞快地驶向模拟器,大声地回了一句:"离你越远越好！"

拉米雷兹追了过去，看到闪电麦坤正胡乱地按着模拟器上的按键，想把机器打开。"咱们试试这个吧！"闪电麦坤高兴地叫起来，"这个应该怎么用？宝贝儿，我来了！"

"麦坤先生，你还没准备好呢。"拉米雷兹警告道。

"拉米雷兹，谢谢你那些奇奇怪怪的训练方法——留着训练老头儿吧。我早就热完身了，现在我需要你把这个东西打开。"

"麦坤先生，等你准备好了，再进行模拟器上的训练，好吗？不能操之过急，要知道欲速则不达。"

闪电麦坤拒绝从模拟器上下来。突然，斯特林出现在上方的平台上。"好啊！"他兴奋地大叫，"我们的大明星开始模拟器训练啦！"

"对呀，开始了！"闪电麦坤兴高采烈地回答道。

"好呀，咱们看看效果怎么样吧？"

"好嘞，立刻开始，斯特林老板。"闪电麦坤边回答边用眼神示意拉米雷兹。

拉米雷兹摇了摇头，没办法，只好打开了模拟器的开关。

"好吧，享受一下吧！"她无可奈何地说。

模拟器预热了片刻立即启动，将闪电麦坤升了起来，闪电麦坤面前出现了一块幕墙。"这才是我想要的训练嘛！"闪电麦坤信心满满地说。这时，不知从哪里唰地伸出几个轮胎固定器，一扣就固定住了闪电麦坤的轮胎。"啊哈！不知道还要这样呢！"

"比赛即将开始，"模拟器中传来了电脑合成的声音，"绿旗一挥，比赛开始！"

"它说什么？是它在说话吗？"闪电麦坤问道，"绿旗在哪儿呢？我没看到啊？现在该做什么呢？"

"出发呀！"拉米雷兹着急地催促着。

"这就开始了？"闪电麦坤问。

"出发！"拉米雷兹又重复了一遍。

模拟器启动了，闪电麦坤努力保持着平衡，费力地驾驭着设备。"哈哈，还不错。"可他高兴得太早了，"哎呀！劲儿用得太大了……哎哟！"

电脑语音提示他："撞到围栏！"

"怎么这么难呢！不应该呀，哎呀！"闪电麦坤大叫道，他又撞上围栏了。

"这虚拟的比赛,和你平时真正比赛一样!"

可是闪电麦坤还是一个劲儿地撞围栏——每撞一次,电脑语音都会提示一次。

"真正的赛道哪有这么多围栏哪!"他生气地抱怨着。

一辆赛车很快超过闪电麦坤:"伙计,你怎么开车呢?"

"黑风暴杰克逊超过你了!"电脑语音又响了起来。

"等等,黑风暴杰克逊来了?"

"只是为了刺激一下你,加速啊!"拉米雷兹喊道。

"在加呢!"闪电麦坤嚷道。

"黑风暴杰克逊是207迈,"拉米雷兹监测着速度,告诉闪电麦坤,"你才195迈。再快一点儿,麦坤先生!"

闪电麦坤一边抱怨着模拟器,一边加快速度。模拟器摇晃起来,不停地抖动着。拉米雷兹抬头看了看斯特林,发现他一脸的担心。她又将注意力转回闪电麦坤,想指导指导他。这时,闪电麦坤又撞上围栏了。

"麦坤先生,"拉米雷兹警告道,"快下来吧,咱们再好好准备准备,再来模拟器上训练。"

闪电麦坤扭过头看着拉米雷兹，固执地说："我会用了，拉米雷兹！我会用了！"实际上他还是没有掌握方法，一下子撞进了虚拟的维修站，引起了一片混乱，"哎呀，我的天！"

"你撞破了一个路障，"电脑语音一一报出了闪电麦坤造成的损失，"撞毁了两辆车，撞翻了一个饮水机。"

模拟器的屏幕上出现了动画制作的救护车和救火车，冲到事故现场进行救援。闪电麦坤大声叫唤着，横冲直撞，想尽快摆脱窘境，可是他怎么也没法控制方向，调正车身。

"撞毁了一幢建筑，"电脑语音再次响起，"撞翻了一辆救护车。"情况越来越糟糕了，"车身着火。"

模拟器中传出人群惊慌失措的尖叫声，电脑语音继续播报着各种险情："车身起火！危险！危险！即将撞车！"混乱中闪电麦坤想重新回到跑道位置，却完全失去了控制。"方向反了。"模拟器电脑语音提示说。

"当心！"闪电麦坤喊道。

"掉头，掉头！"模拟器的电脑语音不断地重复着。

闪电麦坤想打开模拟器锁定轮胎的磁性锁扣，又不知该怎么办，急得手忙脚乱。他使劲挣扎着，可是模拟器一直把他朝前推。

"快关掉！快关掉！"闪电麦坤急得直嚷嚷，"让我下来！哎——呀——"

闪电麦坤完全慌了手脚，一使蛮力，硬生生地挣脱了模拟器的锁扣，带掉了一大堆螺丝螺帽等小零件。他一加油门，想赶快从平台上下来。

可是轮子没固定在平台上，他朝前冲了出去，撞破了模拟器的屏幕！

拉米雷兹赶到他身边："你还好吧？"

"出车祸了。"模拟器的电脑语音再次响起。

"我出车祸了。"闪电麦坤呻吟着。

模拟器爆出一阵电火花和噼里啪啦的声响，整个赛车训练厅都断电了。

10

闪电麦坤损坏了价值几百万美元的训练模拟器,感到十分难堪。斯特林和拉米雷兹在办公室里商量事情,闪电麦坤垂头丧气地在外面等着,只能听到里面传出断断续续的声音。他竖起耳朵,想分辨出他们你来我往地在说什么。他一边听着办公室里的动静,一边盯着旁边一辆擦地的叉车。

"这对他来说也不容易。"闪电麦坤听到拉米雷兹说道,"你确定吗?再给他一次机会吧。我还会继续训练他……你能不能……现在还来得及。"

"拉米雷兹,放松。"斯特林说,"我会的,我会和他谈的。我知道他是你的项目。好了,拉米雷兹,让我按照我的方式来处理吧,谢谢你了。"

擦地的叉车抬头看了看闪电麦坤,突然来了一句:"麦坤,完了!"

闪电麦坤一时没反应过来:"对不起,你说什么?"

"我说完了,地板都擦干净了!"

"噢,好的。"闪电麦坤随口应着。

拉米雷兹从斯特林的办公室里走了出来,轻轻地来到闪电麦坤身边,小声说:"祝你好运!"

闪电麦坤看了一眼拉米雷兹,准备进入斯特林的办公室。

"进来!"斯特林大声说道,欢迎闪电麦坤的到来。"想给你看样东西。"他吸了口气,笑着说,"准备好了吗?"

"啊,什么东西呀?"闪电麦坤问道。他在斯特林的办公室里,看到了各种各样的物品——电影海报、各式广告、巨大的展板——上面都有闪电麦坤的形象。"天哪!"

"你即将成为赛车界最大的品牌。"斯特林说,"我说的是全方位、立体式品牌发展：片约、宣传、产品代言……"斯特林停住了，没急着往下说，让闪电麦坤消化一下。

闪电麦坤看看四周。"代言挡泥板？"他看到墙上挂着一些，便说道。

"当然了。咱们会赚很多钱，不计其数。你现在觉得自己很出名……"斯特林笑了起来。

"我弄坏了模拟器，我以为你会很生气。"闪电麦坤忐忑地说道，"这真是太好了，斯特林先生。可是，我不知道，我从没想过自己会成为一个品牌。"

"哦，我也从没想过。"斯特林说，"我只是你的车迷，一个铁杆车迷。我觉得你会成为一个传奇。"

"不过，"闪电麦坤有些担心地说，"那听起来似乎应该是退役之后……的事。"

斯特林没有回答，他避开了闪电麦坤的目光。

"斯特林先生，这到底是怎么回事呀？"闪电麦坤焦急地问。

斯特林叹了口气，说出了实话："我说，闪电麦坤，我不打算让你继续参赛了。"

闪电麦坤不敢相信自己的耳朵,他马上问斯特林这话是什么意思。

"别急嘛,别急。"斯特林说道,尽力安抚闪电麦坤。

"我不去佛罗里达了?"

"闪电麦坤,你不知道你来到赛车中心让我多么兴奋,我知道,我一直知道你一定会复出的。你的复出会是今年最大的新闻!可是你的速度和表现没有达到应有的水平。我真是非常抱歉。"他转过身去,到了窗边,俯瞰着楼下的训练大厅。

"你看,我是在尽量帮助你。"斯特林接着说,"我现在的身份是你的赞助商,但我也是你的朋友。你的赛车生涯即将结束,每输一场,你都在削弱自己的形象。"

"削弱品牌的形象吧?"闪电麦坤一针见血地更正道。

"哎呀,闪电麦坤,别这么固执嘛。"斯特林转过身来,面对着闪电麦坤,"你已经完成了比赛阶段,现在该进入下一个阶段——收获阶段了。"

"比赛本身,而不是别的什么,才是对我最好的奖励。我不想赚钱,只想享受高达200迈的速度,享受和其他选手一决高下的紧张,享受提高速度挑战极限的乐趣!"

可是斯特林还是不为所动。

"我能行。"闪电麦坤继续努力着,"我能行,我保证!我会像和蓝天博士在一起那样拼命训练的!我保证会跑遍从这儿到佛罗里达的所有赛道。"他指了指窗外,"我会从火球沙滩开始,所有赛车名将都曾在此训练!"

"跑遍所有赛道,"斯特林还在犹豫,"这样你就可以打败黑风暴杰克逊?"

"是的!绝对可以!"闪电麦坤信心满满地说,"那些是'圣土'嘛,你自己说过,对吗?斯特林先生,如果你认同我的传奇——那个蓝天博士帮我开启的传奇——你就该同意!我向你保证,我会赢的!"

"我不知道,你的计划……似乎太冒险了!"

"求你了。"闪电麦坤两眼冒光,热切地说道,"看得出,你也喜欢我这个计划,这不正是你刚才说的'复出的年度新闻'嘛!"

斯特林盯着闪电麦坤看了一会儿,脑子飞快地盘算着。最后,他说:"就参加一次比赛?"

闪电麦坤咧开嘴笑了起来。

"要是没有在佛罗里达获胜，你就退役？"

"要是我输了，我保证帮你卖掉所有的挡泥板！"闪电麦坤掷地有声地说，"但是，要是我真的赢了，那就由我来决定什么时候退役！"

斯特林考虑了很长一段时间，终于说道："成交！"

"谢谢你，斯特林先生！"闪电麦坤高兴地说，"做出这个决定，你不会后悔的！"

"还有一件事，"斯特林直直地盯着闪电麦坤说，"我不喜欢冒险，你要带上一个人，和你一起训练！"

11

　　海浪拍打着火球沙滩,拉米雷兹费力地拖着高科技拖车,在沙滩上艰难地跋涉。

　　"麦坤先生,等等我呀!"她边嚷着边费力地拖动设备。

　　闪电麦坤看着拉米雷兹,叹了口气。他不敢相信她就是斯特林指派的人,他身边的卡布和奇诺同样感到非常意外。

　　"你居然说服了斯特林先生!"拉米雷兹很兴奋,拉着拖车把她累得气喘吁吁,"你居然……能够……扭转乾坤……

说服铁公鸡……拔毛！"

"你要和我一起训练？带着那个东西？"闪电麦坤不解地问。

"是的！你需要我的帮助，麦坤先生。你老得都快……掉渣了！"拉米雷兹直言不讳。她终于调整好了拖车的位置，飞快地按了几个按键和按钮，拖车上突然展开一条折叠的模拟跑道。

"拉米雷兹，在外面我用不着陪练。"闪电麦坤解释道。

"你年纪大了，要是你在沙滩上摔倒了，起不来怎么办呢？"拉米雷兹不客气地回敬道。

听到这话，卡布和奇诺大笑起来。"好吧，有备无患……那么你来吧！"闪电麦坤边说边瞪了卡布和奇诺一眼。

"到户外训练真是不错呀。"拉米雷兹说着对设备进行了最后的调试，"我现在明白了为什么斯特林说你想到沙滩上训练。"仪器发出了嘀嘀的响声。"好了！一切准备就绪。上跑道吧，我来测试你的速度。"

闪电麦坤难以置信地看着她。"什么？"他喊道，"不！户外训练的意思是在真正的沙滩上训练——这是最初的比赛方式！真正的比赛！现在到了沙滩，我才不想在那个东西上面训练呢——我要脚踏实地！"

"噢，好吧。"拉米雷兹倒也痛快地同意了。她折叠起跑道，关掉了设备。

"卡布！准备开始吧！"闪电麦坤喊道。

闪电麦坤停在了起跑线上，卡布也准备好了。"各位选手，欢迎来到火球沙滩！"卡布像模像样地宣布开赛，"终点为远处那个废弃的码头！"他指了指远处大约一英里远的一个破旧的码头，"火球沙滩即将见证新纪录的诞生！"

闪电麦坤在沙地上扭了扭轮胎，牢牢地抓住了地面，做好了出发前的一切准备。拉米雷兹饶有兴致地看着闪电麦坤做热身活动。

"好了。"他嘀咕道。闪电麦坤深吸一口气，摆好了出发的姿势，感受着轮胎下柔软的细沙："我是快中快，强中强，我就是速度……"

"这是一种很好的自我激励。"拉米雷兹突然插嘴，打断了闪电麦坤的赛前冥想，"你自己想出来的这套词？"

闪电麦坤笑了笑，说："没错，我自己想的！"

"各就各位!"卡布高声喊道。

"自己的口头禅——再多来点儿!"拉米雷兹嚷道。

"预——备——开始!"卡布拖着长音喊道。

闪电麦坤猛地加速,飞快地驶过沙滩,驶过微咸的海风,一眨眼就钻进了码头的下面。他吱嘎一声停住车,兴奋地喊了起来:"啊——棒极了!真爽!"他冲着拉米雷兹喊道:"喂!我的速度是多少?"

"我不知道。"拉米雷兹回答说。

"什么?"闪电麦坤很惊诧。

"只有在训练器的跑道上,我才能测出你的速度!"

闪电麦坤一脸失望,他没想到会是这样。他又开回起点,泄气地说:"没有跑道你不行,可我真的需要测出速度来。"

拉米雷兹也跟着叹了口气。突然,她眼睛一亮:"呀,我想到了!汉密尔顿!"

"汉密尔顿是谁?"闪电麦坤着急地问。

"我车上的电子助理。"拉米雷兹得意地回答,"汉密尔顿,记录一下麦坤先生的速度,报告给我。"

"正在连接。"汉密尔顿回答道。

"你的车身会将你的速度传送给汉密尔顿。我会尽量靠近你，因为这种传送只能在近距离内进行。"拉米雷兹耐心地解释道。

"好吧，也没有别的办法了，就这么办吧！"闪电麦坤着急地说。他又一次匆匆进行了准备："我是快中快，强中强，我就是速度。来吧，卡布！"

"各就各位！预——备——开始！"卡布大声喊道。

闪电麦坤开始加速，汉密尔顿立刻报出了他的速度："46迈……63迈……"电脑语音机械地播报着。突然，"嘀"的一声巨响，接着汉密尔顿宣布道："超出追踪范围，信号中断！"

拉米雷兹还在起跑线那里，她的轮子陷进了沙子里，原地直打滑。"嘿，"她自言自语道，"真奇怪。"

这时闪电麦坤才意识到拉米雷兹没和他一起出发，他转过身来，发现她陷在沙子里。

"我动不了！"拉米雷兹喊道。

闪电麦坤又开了回来。"在沙地上，你要慢起步，这样轮胎才能抓住地，懂了吗？"闪电麦坤耐心地说道。

"知道了。"拉米雷兹回答道。

"你连这都不知道,怎么训练赛车选手呀?"闪电麦坤怀疑地问。

"我确实是陪练,可我从来没有在户外训练过。"拉米雷兹只好实话实说。

"好了,咱们再来一次!"闪电麦坤又一次做好了准备。

"开始!"卡布喊道。

这次两辆车同时起步,汉密尔顿记录着闪电麦坤的速度:"54迈……65迈……"

汉密尔顿又发出"嘀"的一声巨响,紧接着,又响起了"超出追踪范围,信号中断"的播报声。

闪电麦坤转回身来,看到拉米雷兹偏离了路线,陷进了更软的沙子当中。

"对不起,"拉米雷兹喊道,"卡住了!"

"再来一次!"闪电麦坤喊道。

卡布累坏了,歇了一会儿,才又大喊一声:"开始!"

这次,闪电麦坤冲了出去,拉米雷兹倒是跑在他身边,可没过一会儿她却停在了海水漫过的浅滩。"对不起!"拉米雷兹喊道,海浪轻轻地拍打着她的轮胎。

他们又回到起跑线,卡布又一次宣布开始。这次出发后,拉米雷兹完全失去了控制,在沙地上原地打转。

他们又试了一次,拉米雷兹又陷在沙子里了。

"沙滩一定和我有仇。"她说着转动轮子,挣扎着想要开出来,把沙子甩得到处都是。

卡布叫他们再次回到起点,闪电麦坤气得火冒三丈,又给拉米雷兹讲了一遍沙滩行车的窍门:"拉米雷兹,要在硬实的沙地上选好线路。因为得借助摩擦力,要不就会打滑。再来一次吧。"

"预——备——开始!"卡布再一次宣布。

他们出发了,汉密尔顿实时播报着闪电麦坤的速度:"122迈……134迈……"

嘀——嘀——嘀——

"超出追踪范围,信号中断!"

闪电麦坤转过身,发现拉米雷兹又停了下来。但这次不是因为轮子陷住了,她看起来是停下来……在等什么。

"又怎么了?"闪电麦坤不耐烦地问道。

"我不想压到那只螃蟹。"拉米雷兹理直气壮地说。

"开什么玩笑！"

"看，它多可爱呀！"

闪电麦坤绝望地怒吼一声，无助地望了望天空，刚好看到西边的太阳都快落山了。他赶快回到起点，准备再好好跑一次。

"好了，"闪电麦坤无比沮丧地说，"最后一次机会，要不天就黑了！"他转向拉米雷兹，又嘱咐了一遍，"慢慢起步，轮胎抓地。"

"明白！"拉米雷兹立刻答道。

"在硬实的沙地上选好线路，这样就不会打转了。"

"好——嘞——"

"所有可爱的小螃蟹都回家了——"

"麦坤先生？"

"好了，再来一次吧！"

"出发！"卡布喊道。

这时，天空出现了粉红的晚霞，他们并肩驰骋在沙滩上。拉米雷兹尽量避免车轮打滑，努力跟上闪电麦坤，这样汉密尔顿就可以实时监测闪电麦坤的速度。

"155迈……175迈……"

闪电麦坤冲过设在码头下面的终点线,累得气喘吁吁,但是很开心。"太好了,总算跑完了!你居然没掉队,祝贺你!我的速度如何?"他问道。

"你的最快速度为198迈。"拉米雷兹回答说。

"198迈……才198迈?"

"没有黑风暴杰克逊快。"拉米雷兹有些失望。

他们两个往回走,驶过一个沙丘,朝拖车麦克开去。闪电麦坤叹了口气,轻声说:"浪费了一天的时间。"

"我倒没觉得,出来到外面吹吹风,实地赛一赛,挺舒服的!"拉米雷兹轻松地说。在海风中跑了一天,她觉得神清气爽。

"这算不上真正的比赛!我们只是在沙滩上训练而已!你只不过直直地沿着沙滩跑了几次。这能证明什么呢?"这时,闪电麦坤突然看到立在路边的一个路标:火花岭——46英里;雷霆谷——72英里。他开到路标跟前,拉米雷兹也跟了过去。

"雷霆谷，"闪电麦坤说，"那里有一条沙土跑道！这才是我需要进行的训练——和真正的赛车选手在真正的赛道上比上一场。"

卡布和奇诺也赶了过来。"不行！"卡布嚷道，"容易暴露身份！要是狗仔队发现了，就会像狗皮膏药一样，想甩也甩不掉！"

"狗仔队太可怕了！"一想到狗仔队蜂拥而至的情景，奇诺就感到眼晕恶心，他在地上啐了一口。

"伙计们，我真的需要这种训练。"闪电麦坤恳求着大伙儿。

"交给我吧，老大。"麦克说话了。他摆出间谍炫酷的造型，信誓旦旦地说："本人最善于乔装打扮了。"

12

雷霆谷赛车场内灯火通明，照亮了上方的天空，连天上的星光都黯然失色了。当地的居民在停车场排起了长队，等着进入赛车场。

在入口外面，乔装改扮的麦克躲在不显眼的角落里。他的车厢一改往日的红黄色调，在侧面涂上了一幅巨大的公司广告，随便起了个名字——黑猩猩晚会供应商。大家都藏在麦克身后。奇诺看着卡布在泥坑中打轮儿，将泥巴甩到闪电麦坤身上，盖住车身，免得被人认出来。泥巴四处飞溅，呛到了闪电麦坤，他咳嗽起来。

"老大，化装完毕。"麦克一锤定音，"不会有人来烦你啦！"

"伟大的闪电麦坤，居然变成了这副模样！"卡布摇了摇头。

"伙计们，我有预感，今晚我会跑出属于我的速度！"

奇诺擦掉闪电麦坤侧面的泥巴，将他的"95"号改为"15"号，现在乔装改扮全部完工了！

扩音器中传来广播员高亢的声音："所有参赛车辆到起点集合！"

"好了，该我上场了！"闪电麦坤说完，朝赛场开去。他开到起点附近，差点儿没找到起跑线。不同于灯火通明的停车场，起点附近灯光昏暗，显得十分神秘。闪电麦坤觉得有点儿奇怪，可也没往心里去。终于可以好好赛上一场了，他感到非常兴奋。"好了，再也不用只跑直线了，终于可以试试老式的椭圆赛道了！"

一位名叫罗斯科的大赛工作人员驶近闪电麦坤："喂，

新来的，叫什么呀？"

"啊……"闪电麦坤反应很快，"我……我叫惠切特！"

就在这时，拉米雷兹也来到起点，告诉工作人员，她叫"贝弗丝"。

闪电麦坤大吃一惊，怕别人看见，他赶紧掩饰了一下自己惊讶的神情，小声地问道："拉米雷兹，你怎么来了？"

"我是你的陪练，"拉米雷兹说，"我得下场监测你的速度啊，惠切特！"

"好吧，"闪电麦坤嘀咕道，"可别坏了我的好事。"

闪电麦坤不耐烦地望了望那个叫罗斯科的工作人员："对不起，先生，其他选手在哪里？"

"他们马上过来，"罗斯科含混地答了一句，"我们总是让客人排在前面。"他笑了笑，飞快地开走了。

突然，赛车场里响起了震天响的音乐声，现场的观众热切地盼望着比赛选手入场，爆发出此起彼伏的欢呼声。从闪电麦坤和拉米雷兹的身后，拥过来一大堆选手。现场的音乐声和观众的欢呼声一浪高过一浪。

扩音器中传来一个广播员的声音："欢迎大家今晚光临

雷霆谷赛车场,疯8大战一触即发!"他挥拳砸下面前的按钮,赛道上顿时响起阵阵爆炸声,赛前排列在那里的一堆堆轮胎腾空而起!砰的一声巨响过后,全场亮如白昼,露出一个"8"字形的沙土赛道,上面布满了泥坑。

爆炸的硝烟散去后,炸成碎片的轮胎从天而降,落在闪电麦坤和拉米雷兹身上。一个燃烧着的轮胎从他们身边滚了过去,闪电麦坤看了一眼拉米雷兹,突然有种不祥的预感。"他刚才说的是疯8吗?"闪电麦坤小声问道。

广播员的声音又一次传来:"好了,各位车迷朋友!你们一定知道现在是什么时刻了吧!没错,现在是参赛选手入场时间!有请今晚的选手入场!"

这时,许多外形彪悍的车辆鱼贯而入,包括各种破烂不堪的卡车、轿车和公共汽车。每辆车的表面都伤痕累累,布满了喷漆、焊接、拼接等修补的痕迹,和干净、漂亮、崭新的赛车完全不同。

"呜——哇——呜——哇——呜——哇——"破坏医生学着警笛的怪叫声,他是一辆破旧的救护车,车身两侧喷着"破坏车"字样。

"旅途愉快！"阿维阴阳怪气地说道，他是一辆被撞瘪的房车，车灯周围画着黑眼圈，车架上挂着一个马掌，像是戴了一个鼻环。

一辆老式警车发出一阵狂笑："为公民服务，不对，是为公民撞车，哈哈哈！"他笨拙地开了过来。

所有的疯8选手都在咆哮着，看得闪电麦坤和拉米雷兹心惊胆寒。

"拉米雷兹，"闪电麦坤小声说道，"这和我原来想的不一样。来，咱们赶快撤吧。"他们掉了个头，想逃离疯8撞车大赛，可是赛场的大门已经关闭，还上了锁，他们现在没有退路了！

"现在说一下比赛规则。第一，"罗斯科正经八百地宣布道，"大门一关，比赛开始！"

一名工作人员来到拉米雷兹身边，在她车身上喷了一个丑陋的数字——"20"。这可把她吓坏了，她赶紧解释："不，不，不，我不是来参赛的。"

"第二，"罗斯科继续宣布规则，"全场剩下的最后一辆没被撞倒的车获胜！第三，不许骂人——今天是家庭日！"

"对不起，先生。"闪电麦坤叫起来。

"我只是个陪练，不是参赛选手。"拉米雷兹吓得浑身发抖。

就在这时，一辆破烂不堪的轿车横冲直撞地开了过来，使劲按着喇叭，闪电麦坤和拉米雷兹赶紧往两旁一躲，回头一看，发现那个选手狂笑不已。"你们是谁啊？"他问道。

"现在上场的是疯8常胜将军——撞车女神疯狂迈丝！"广播员兴奋地宣布道。

场上观众顿时疯狂起来，一辆黄色校车呼啸着出场了，从闪电麦坤身边擦身而过，吓得他惊叫了一声。

"嘣——嘣。"疯狂迈丝声音低沉、沙哑地打了声招呼。她外表凶悍，两根巨大的烟囱像两只锋利的牛角支在脸颊两旁。她的车身两侧挂着一大排汽车牌照，叮当作响，那些都是从被她打败的车上抢来的战利品。"看哪，伙计们！今晚来了两只菜鸟。我就管你叫'泥巴小子'吧。"她一指闪电麦坤。"至于你嘛，"她指着拉米雷兹，"就叫'柠檬小妞'。"

"咦，他们身上居然没有撞痕！"阿维惊讶地叫道。

"噢，别急，我来让他们挂点儿彩！"疯狂迈丝不怀好意地说。

观众和广播员齐声喊："各就各位——预备——开始！"

比赛开始了，场上立刻乱作一团，选手们胡乱追逐，相互撞击。其他选手从四面八方朝闪电麦坤和拉米雷兹扑来，吓得拉米雷兹赶紧闪在一边，躲在一堆轮胎后面。闪电麦坤看到了，急忙冲她喊道："拉米雷兹，你干吗呢？要不停地移动才行啊！"

拉米雷兹颤抖着声音说："我真不该来呀！"

"动起来，拉米雷兹！要不停地移动！"闪电麦坤及时把拉米雷兹推离了那堆轮胎——一个选手一头撞在上面。

闪电麦坤在拉米雷兹旁边保护着她，两人安然无恙地驶过了第一圈。他们左躲右闪，小心翼翼地避开撞作一团的其他选手。

前面出现一段泥泞的急弯赛道，拉米雷兹回头冲闪电麦坤求救。"怎么办？"她喊道，"我失去控制了！"

"向右打方向，车身向左！"闪电麦坤喊道，指导拉米雷兹如何漂移，"向右打方向，车身向左！"

"这个行不通啊！"拉米雷兹没弄明白。

"向右打方向，车身向左！"闪电麦坤又重复了一遍。

场上的追逐和撞击还在继续。破坏医生猛力朝一辆车撞过去，把他撞飞了。那个选手似乎很享受，边飞嘴里边喊着："啊，太棒了！"看得破坏医生也咧嘴笑了起来。

这时，疯狂迈丝仗着力气大，用前脸推着好几辆小汽车和出租车，呼啸着朝闪电麦坤冲了过来，一下子把他挤住，动弹不得了。她一边哈哈大笑，一边拼命地向前推挤，将前面的车一辆一辆地挤扁。

又有一辆车撞进了疯狂迈丝前面的那一堆车里，闪电麦坤赶紧趁机逃了出来。他和拉米雷兹继续胆战心惊地在疯8的选手中穿行。

一辆出租车从侧面撞上了阿维，阿维一边欢呼着，一边朝场边的围栏撞了过去。

一辆送比萨饼的卡车狠狠地撞上了那辆出租车，这又引发阿维的一阵狂笑。另外一个选手被撞飞起来，在空中打了几个滚儿，大头朝下摔了下来，嘴里还不忘喊着："啊，太棒了！"

"真不赖，来了一顶新帽子！"阿维指了指那辆落在自己顶上的赛车。

另外一辆赛车受到非常猛烈的撞击,翻滚着朝观众席飞去。"我飞起来喽!"他怪叫着,然后一头栽到地上,"又落下来了!"他撞到赛车场的大门上,撞掉一个改装过的引擎,飞进了观众席。

"我拿到了!"一个车迷兴奋地嚷道,高高地把它举了起来。观众们又是一阵欢呼!

"向右打方向,车身向左。向右打方向,车身……"拉米雷兹嘴里念叨着口诀,总算安全地驶过这段赛道,尽量远离其他选手。可是各种撞击防不胜防,她不断被挤到赛道旁边,她要崩溃了!她惊慌失措地停在赛道中央,吓得一动也不敢动。最后,她居然闭上了眼睛,眼不见心不烦。

这时,疯狂迈丝盯上了一辆叫玉米卷的卡车:"小子,我来了!"

"不!"这辆卡车吓得大叫起来,"不,不,不,不要啊!"

疯狂迈丝开足马力,结结实实地撞在玉米卷的身上,把他撞得飞了出去,砰的一声摔在地上。

然后,疯狂迈丝眯起眼睛,冲着束手待毙的拉米雷兹龇牙一笑，然后朝她冲了过来。

"哎呀，天哪！"拉米雷兹吓得大叫起来。

"准备好了各位，精彩撞车即将呈现！"广播员高声宣布，"即将出击的是……"他按了工作间里的一个按钮，会场上展开一个大牌子，上面写着：终结者疯狂迈丝！

现场的观众齐声高喊起来："终结者——迈丝！终结者——迈丝！"大牌子前面出现了很多燃烧的轮胎，砰砰的爆炸声将现场的气氛推向了高潮！

现场的观众都在齐声呐喊时，一辆破旧的洒水车漏水先生突然高喊了一句："我们爱你，迈丝小姐！"

疯狂迈丝围着拉米雷兹转了一圈，打量着她慢悠悠地说："你的这块车牌，倒是一个不错的战利品！"

旁边有一辆底朝天的赛车提醒拉米雷兹："快跑吧！"

当时，闪电麦坤在对面的赛道上，在8字形赛场的另一端。他看到疯狂迈丝朝着拉米雷兹扑了过去，他得赶快想个法子拯救拉米雷兹。

"柠檬小姐，别反抗了，那样只会更加糟糕。"疯狂迈丝威胁道。突然，疯狂迈丝的车身上伸出来一个锋利的停车牌，马上就要刺到拉米雷兹！疯狂迈丝咆哮着，开始了她的进攻！

观众们高喊着："迈丝——迈丝——"

就在这千钧一发的时刻，闪电麦坤赶到了！他一把推开拉米雷兹，再晚一秒钟，疯狂迈丝就刺到了。疯狂迈丝眼睁睁地看着闪电麦坤救走了拉米雷兹，可是惯性太大，她刹不住了。她从闪电麦坤和拉米雷兹面前冲了过去，身子一歪，失去了控制！拉米雷兹赶紧开到安全地带，疯狂迈丝侧翻在了泥坑里。

"我的天哪！疯狂迈丝摔倒了！"广播员惊叫道。

全场的观众也惊讶不已："天哪！"

"惠切特，你得付出代价！"观众席上的一个车迷不平地喊道。

闪电麦坤望着疯狂迈丝，忘记了及时移动，他的轮胎陷进了泥坑里。他想赶快开出泥坑，这才发现自己的一个轮胎瘪了，一定是刚才推开拉米雷兹时，被疯狂迈丝的停车牌刺破了。现在他困在赛道中央，动弹不得。

疯狂迈丝挣扎着从地上爬了起来，双眼恶狠狠地盯着闪电麦坤。

观众们又喊了起来："迈丝——迈丝——迈丝——迈丝——"

"快点儿，闪电麦坤。加油！快点儿，闪电麦坤。"闪电麦坤一边打轮儿，一边催促着自己。

"疯狂迈丝小姐马上就要站起来了，她看起来可是真火了！"广播员播报着最新的动态。

疯狂迈丝最后一使劲，大吼一声，站了起来！现在她准备找闪电麦坤算账。

"让你尝尝本校车火力的厉害！"她一边怒吼着，一边朝闪电麦坤扑了过来。

闪电麦坤继续加力，可是轮胎还是打滑。疯狂迈丝到了眼前，闪电麦坤终于车身一扭，开出了泥坑，顺带撞翻了一堆轮胎。疯狂迈丝砰地撞了上去，被撞得飞了出去，一头扎进了"终结者疯狂迈丝"的大牌子中。

漏水先生大吃一惊，赶紧冲过去救援。

拉米雷兹从躲藏的地方冲了出来，在崎岖不平的赛道上左摇右摆，冲过了终点线。

"女士们，先生们，"广播员大声嚷道，"我们今晚的冠军诞生啦——贝弗丝！"

"我没听错吧？"拉米雷兹问道，"是我吗？我赢了？我赢了！"她嗖地开到闪电麦坤身边，非常高兴获得了冠军。可是她光顾着高兴了，不小心挡住了下场救援的漏水先生的去路。

"拉米雷兹！拉米雷兹！啊，不！"闪电麦坤急得高声提醒拉米雷兹。

"啊！小心！"拉米雷兹高声叫着，眼看就要和漏水先生撞到一起了。

漏水先生向旁边一躲，尽力保持着平衡，终究还是晚了一步，水箱里的水哗地洒了出来。闪电麦坤身上的泥巴伪装立刻被冲了个一干二净！看到闪电麦坤的庐山真面目，看台上的观众惊得目瞪口呆。闪电麦坤嘴里也呛了一口水，赶紧吐了出来。

"这是惠切特？"一个观众大惑不解地问道，打破了场内的沉默。

"他是闪电麦坤！"另一个观众大叫了起来。

观众们兴奋地议论起来。这时,闪电麦坤身后出现了一个大标语牌,上面写着:我在雷霆谷赛车场比赛。现场亮起一片闪光灯,快门声不断,闪电麦坤被逮了个正着。

13

麦克不停地鸣喇叭,才从挤得水泄不通的雷霆谷赛车场开出来。拉米雷兹也待在拖车里,旁边摆着个俗气的疯8撞车大赛奖杯,奖杯的样子很丑。她尽力掩饰着获得奖杯的得意神色,可是心里太高兴了,嘴角还是忍不住微微上翘。

拖车上的电视机中传出当地记者的声音:"雷霆谷的车迷们还是没有从今晚闪电麦坤意外出现的震惊中恢复过来!闪电麦坤居然和撞车界的女神疯狂迈丝在雷霆谷的赛道上同

场竞技！"

这条新闻吸引了拉米雷兹和闪电麦坤的注意。

"他一直是我最喜爱的赛车名将！"疯狂迈丝在采访中说，"我的车库里到处都贴着他的海报。"

看了一会儿，闪电麦坤移开了目光，拉米雷兹还在为赢得这座滑稽的奖杯兴奋不已。

"呃……"拉米雷兹忍不住说道，"这奖杯还不错，你觉得呢？"

闪电麦坤没有吱声。

"我是说，我知道你已经赢得了无数个奖杯，所以你……"拉米雷兹移开了目光，似乎在自言自语，"我还是不敢相信我居然赢了！"她不停地说着，闪电麦坤一直没有搭腔。"看起来还挺贵的，他们一定花了不少钱做这个奖杯，看起来很逼真，也挺漂亮的，还闪闪发光呢。我从来没有近距离地看过奖杯。实际上，这个奖杯看起来挺时髦的，毕竟这才是个小比赛嘛——"

"别说了！"闪电麦坤终于说话了，"别……别再说下去了，好吗，拉米雷兹？你不明白……你一点儿都不明白。"

"不是！"拉米雷兹抗议道，"我只不过……"

卡布和奇诺担心地望着他们。

"你知道要是我输了这场比赛，会发生什么吗？"闪电麦坤诘问拉米雷兹。拉米雷兹静静地听着，没说话。"这次旅程，本应该一步步地让我的速度超过黑风暴杰克逊，变得更快！在模拟器上，我花了整整一个星期，没有任何成效！在火球沙滩，我又浪费了一整天！今天晚上，我又浪费工夫和疯狂迈丝纠缠！我现在的速度和一个月之前比没有任何提高！我没有提高，是因为我一直在花时间照顾我的陪练！"闪电麦坤顿了顿，调整了一下情绪。拉米雷兹没想到闪电麦坤会说出这么一番话来，惊讶得不知该怎么回答。"这是我最后一次机会，拉米雷兹！最后一次！最后一次！最后一次！要是输了，我就再也不能参加比赛了！你要是个赛车选手，你就知道我在说什么。但是你不明白，因为你不是赛车选手！"

闪电麦坤沮丧地跺了一下前轮，把拉米雷兹的奖杯震到地上，摔裂了。拉米雷兹倒吸一口凉气，立刻按下一个按键，打开了和麦克的对讲机，大喊一声："停下！"

"啊？现在吗？"麦克不知道发生了什么事。

"现在！"拉米雷兹斩钉截铁地说。

"好好好！这就靠边停下！"麦克只好照办。

他一停车，拉米雷兹就怒气冲冲地下了拖车。闪电麦坤跟在她身后，不知道她要去哪儿，也不知道她要做什么。

"你问问我是否梦想着成为一名赛车陪练，麦坤先生！问啊！"拉米雷兹怒不可遏。

"我，我……"闪电麦坤一时语塞，他没想到拉米雷兹会发这么大的脾气。

"问问我是不是每天天不亮就起床跑圈，然后才去上学；问问我是不是节衣缩食，为了买票去看现场的比赛；问问我那样做是不是就为了成为一名赛车陪练！问啊！"

闪电麦坤只好老老实实地就范："你是不是……"

"才不是呢！"拉米雷兹断然否认道，"我一直都想成为一名赛车选手！是你，让我有了这个梦想！"她转过身去，开出去一段距离。闪电麦坤难以置信地盯着她看了一会儿，然后追过去，想说点儿什么。

"我过去常常在电视上看你比赛，凌空飞跃……你看起来……无所畏惧！"

闪电麦坤没有说话，默默地回忆着比赛带来的愉悦。

"'别那么好高骛远，拉米雷兹。'我的家人一直这样告诫我，'别那么好高骛远，干脆别做白日梦了。'"拉米雷兹沉默了足足一分钟，然后才接着说下去，"他们也是为我好……可是，我是全镇跑得最快的车，我要证明他们的判断是错的！"

"后来呢？"闪电麦坤好奇地问道。

"我参加了一次比赛，就全明白了。"拉米雷兹回答说。

"明白什么了？"闪电麦坤继续追问道。

"明白我不是那块料。"拉米雷兹轻描淡写地说，"赛车选手们都那么高大，那么强壮，那么……自信。他们一发动引擎，一切都再清楚不过了……我就知道自己永远都不可能成为一名赛车选手。我放弃了。比赛还没开始，我就放弃了。那是我唯一的机会，可是我居然没有把握住。"

她叹了一口气，接着说："好了……就这样吧，我现在要回赛车中心了，这对你、对我，都好。"拉米雷兹准备离开了，然后又转回身来对闪电麦坤说："我能问你一件事吗？"

"当然。"他说。

"你第一次比赛时,是一种什么感觉?你怎么就知道自己能行呢?"

"我不知道,"闪电麦坤老实地回答,"因为我从来没想过自己不行。"

"噢,这样啊。"拉米雷兹说,"真希望我也有机会体验一下那种感觉。"说完,她就开走了。

闪电麦坤一直在后面喊她回来,不过她并没有再回头,而是不断加速,越开越远。

那天晚上下雨了,麦克停在一座高架桥下,鼾声大作。闪电麦坤独自在车厢里看电视,他随便调着台,碰巧看到了一个熟悉的节目。

"现在为您主持节目的是路霸,活塞杯永远的冠军。我们在路霸演播室为您现场直播,今天我们有幸又请到了'升级版'赛车专家塞娜丽。"

"谢谢你,路霸。活塞杯冠军黑风暴杰克逊今天又创造了一项新的世界纪录:213迈……"

接着播放一段视频,黑风暴杰克逊旋风般地在跑道上飞驰。然后路霸和塞娜丽又出现在屏幕上。

"太棒了！"路霸夸张地感叹道，"那么，塞娜丽，给我们预测一下吧，黑风暴杰克逊这小子是不是会在新赛季中赢得开门红呢？"

"可能性很大，路霸。"塞娜丽不紧不慢地说，"基于他最近的训练次数，加上比赛当天预测的温度，黑风暴杰克逊获胜的概率高达——"他们身后的屏幕忽然叮地响了一声——"95.2%！"

路霸笑了一下，故意正话反说："这么低啊？"然后他笑嘻嘻地看了看观众，不怀好意地说，"千万不能错过下面这个视频——"路霸身后的屏幕上出现了闪电麦坤在雷霆谷疯8撞车大赛上的尴尬画面。"今晚赛车界的大热门是，闪电麦坤居然找到了另外一种让自己出丑的方式——参加疯8撞车大赛！唉！我都想为他感到难过了——然而我并没有！来听听他的新赞助商怎么说。"

镜头里出现了斯特林的画面。

"别担心！95号一定会参加活塞杯大赛的。闪电麦坤现在只不过正在进行一种……非常规的训练，就这样。他的车迷们就喜欢他这样！"

"是的，没错！"路霸又出现在屏幕上，"说起出丑，要是我是'咔嚓'的话，压根儿都不会出现在佛罗里达。"

"那样最好，路霸。即使他真去参赛，获胜的机会仅为——"又响起了"叮"的一声，塞娜丽读出了出现在她身后的数字——"1.2%！"

"啊哈！"路霸高兴地叫了一声。

"数据从来不会说谎。"塞娜丽自信地说，"今晚我就可以预测，闪电麦坤的赛车生涯将在一个星期内告以终结。也许他的赛车生涯现在已经结束了。"

闪电麦坤深深地叹了一口气，啪的一声关掉了电视。

14

在水箱温泉镇，板牙关掉拖车厂的灯，打烊了。他正在房子里摆弄一些废旧的材料，突然发现有光一闪一闪的。他查看了一下，发现闪光来自可视电话。他又走近了一些，看到了来电显示：铁哥们儿——咔嚓。他眼前一亮。

闪电麦坤还在麦克的车厢里，盯着电话屏幕，耐心等着板牙的脸出现在屏幕里。终于等到了——只是有些变形，板牙拿电话的角度不对。

板牙嘻嘻笑着："怎么样，哥们儿？"

看到朋友，闪电麦坤一扫阴霾，朗声笑了起来："板牙！"

"你知道吗？我刚刚也在想你，你就打电话来了，真是心有灵犀呀！"板牙露着半张脸，冲着闪电麦坤开心地说，"能看清吗？等一下，这样呢……"他来回换了几个角度，尽量把脸全露出来，"这样好些吗？"

"好了，哥们儿，看到你的眼睛了。"闪电麦坤微笑地盯着屏幕上板牙眼睛的特写，"对不起，这么晚给你打电话。"

"说吧！对我来说，现在一点儿都不晚！"板牙满不在乎地说，"我是个夜猫子。"他又找不准镜头的角度了，好不容易才调整好，"好了，跟我说说，都发生什么啦？"

"我倒是想先听听家里的情况。"闪电麦坤说道。

"家里没什么事，只是士官长和辉哥代管的轮胎商店出了不少状况。不过告诉卡布别担心——士官长一定会把辉哥送人的轮胎一个个地给追回来。除此之外，一切都好。"板牙轻描淡写地讲述着。

"莎莉怎么样？"闪电麦坤关心地问。

"她很好，每天都在路障汽车旅馆忙。她很想念你。好了，说说你吧，你出门在外，我们都很想念你！"

"我也很想念你们。你知道我现在在想什么吗……我要是再也不用出门了，咱们该做点儿什么？"

"'再也不用出门了'是什么意思呀？"

"你知道，板牙，我不能一直比赛呀。"闪电麦坤说着叹了口气，"我的训练进行得很不顺利，速度不但没提高，反而倒退了。"

"啊，这样啊，哥们儿，跟我说说吧，没准儿会解决呢。"板牙倒是蛮自信的，"跟我说说是什么问题，咱们一起来解决嘛！"

"这就是问题所在，板牙，我不知道到底是什么问题。我现在一筹莫展。"

"嗯，让我想想。那你知道我会怎么做吗？"

"怎么做？"闪电麦坤满怀希望地问。

"我也不知道该怎么做，我想不出什么办法来。"板牙停顿了一会儿，"我可不是蓝天博士，要是他在，肯定能想出办法来。"

"要是现在能和博士聊聊就好了！"闪电麦坤无限向往

地说。

"是呀,没有人比博士更聪明了,除了他的陪练。"板牙随口这么说道。

"是呀。等一下,你说什么?"

"我说,人人都得有师傅呀,对不?"

板牙继续唠叨着,可是闪电麦坤的全副心神还停在板牙说的这句话上。

"比如,我的师傅就是我表弟,多多。他教我怎么一边唱歌一边吹口哨,可好听了!"

"老莫。"闪电麦坤自言自语道,"板牙,你真是个天才!我得去趟托马斯维尔!"

"是啊,我就是个天才!你知道的呀,我总是乐于助人,也比大部分人都聪明得多,我最擅长讲话什么的。"

闪电麦坤笑着和他的朋友道了晚安。

15

第二天一早,麦克赶上了拉米雷兹,她正独自行驶在蜿蜒的山路上。麦克靠近拉米雷兹,她扫了一眼麦克,又将目光转回前面的路面。麦克超到前面,打开了拖车的门。闪电麦坤露出脸,正对着拉米雷兹。

"我不会改变主意的,麦坤先生。"拉米雷兹边说边继续向前开,"我不再是你的陪练了,我要回赛车中心去。"

"好的,"闪电麦坤泄气地说,"我接受你的辞职……

再见!"

闪电麦坤关上了拖车的门,拉米雷兹抬头看看,感到有点儿意外。很快他又打开车门,兴致勃勃地说:"既然你现在也没什么事,不如加入我们吧?"

"加入你们?"

"我要去找一个叫老莫的人,希望他能帮助我——说不定也能帮助你呢!"

拉米雷兹考虑了一会儿,最后还是拒绝了。

闪电麦坤往拖车里面缩了缩,变戏法一样拿出一座完好无损的奖杯。"我把它修好了。"他边说边偷眼看着她的反应,"别生气了!"

"你知道吗?我还是要说'不'。不过,谢谢你修好了我的奖杯,可我不想再做你的陪练了。"

"好吧,好吧……这个会让你改变主意的!"闪电麦坤信心十足地说。

卡布按了音响上的一个按键,拖车里立刻响起了尊巴舞曲。闪电麦坤放低了后保险杠,"首先,我要活动活动老胳膊老腿!"他和着拍子,朝她开了过去。

"不!"拉米雷兹喊道,"别来这一套!"

闪电麦坤继续练习着尊巴舞步,学着拉米雷兹在赛车中心和着节拍说话的方式:"对——不——起,对——不——起,我——不——该——冲——你——发——脾——气!我——差点儿——丧——命,不——是——你——的——错——"

"够了!"拉米雷兹忍无可忍地大喊道。

"可——是——你——还——是——要——离——开,可——是——你——还——是——不——上——来,你——还——是——不——上——来——"闪电麦坤仍然没完没了。

他的样子把拉米雷兹逗笑了,气也消了:"好了,我会去的——好了,停下!"

闪电麦坤向后一退身,给拉米雷兹让出地方来。拉米雷兹笑了笑,开上了拖车,拖车的门在她身后关上了。

过了几个小时,麦克行驶在直通托马斯维尔的高速上,闪电麦坤和拉米雷兹在拖车里闲聊。"你怎么知道老莫在这个地方呢?"

"我也不确定。"闪电麦坤老实回答。

拉米雷兹沉默了一会儿说:"那你知道他还活着?"

"也不确定。"

"那……那你能不能告诉我,"拉米雷兹又问道,"你怎么知道谁是老莫呢?你认识——"

麦克从一个出口下了高速,开上了一条乡间小路,前面闪出一大片茂密的森林。

"等等!"闪电麦坤突然大喊一声,他看到了一块木头路牌,"麦克!停一下!往后倒!"

麦克照他说的做了,闪电麦坤从拖车中下来,后面跟着拉米雷兹。他仔细看了看这个破旧的路牌,上面写着:蓝天博士主场托马斯维尔欢迎您!

"你好啊,博士。"闪电麦坤心里念叨着,默哀致敬。

"他是你以前的后勤组长吧?"拉米雷兹说。

"拉米雷兹,"闪电麦坤突然心血来潮,"你想不想体验一下这位赛车界传奇人物跑过的赛道哇?"

"咱们不是要去找老莫吗?"

闪电麦坤朝着牌子指示的方向开了过去,远处,托马斯维尔赛车场的跑道隐约可见。拉米雷兹跟在他身后,两个人静静地停在门口,望着赛车场,内心涌起崇敬之情。

"我们不是要去找老莫吗？"拉米雷兹不甘心地又追问了一次，"噢，我知道了，他也去世了，对吧？"

"谁说的？"闪电麦坤反驳道。

闪电麦坤推了推赛车场破旧的大门，可是门锁住了。他再一使劲，锁开了。拉米雷兹和他一起进了大门，驶入一条安静的通道。

"你还有工夫在这儿耽搁？"拉米雷兹再次提醒闪电麦坤。

"到这儿，"闪电麦坤更正她说，"可不是耽误工夫。"

他们从通道的另一头转了出来，缓慢地进入了赛道。闪电麦坤停在赛道边，深吸一口气，向这个神圣的赛车场致敬！他望了望四周，仿佛没有留意赛道上的水坑、荒草和破旧的看台。在他的眼里，只看到托马斯维尔赛车场最辉煌的时刻，那时，蓝天博士还只是一名年轻的赛车选手！

闪电麦坤踏上了赛道，他前后移动了几次，感受着泥土赛道的触感。"唉，要是赛道会说话该多好啊。"他轻声说道。他慢慢转过身，回到起跑线的位置，"拉米雷兹，怎么样，咱们跑上一圈吧？"轰——轰——闪电麦坤发动引擎，嗖地蹿了出去！拉米雷兹也禁不住诱惑，笑着追了上去。

闪电麦坤和拉米雷兹在赛道上风驰电掣，你追我赶，互不相让。拉米雷兹练习着"向右打方向，车身向左"的漂移技巧，在撞车大赛上没机会施展，这次，她完全掌握了这个动作，完成得漂亮极了！拉米雷兹非常兴奋，哈哈大笑起来。

"看，这不学会了嘛！"看到拉米雷兹的本事见长，闪电麦坤也很高兴。

"可不嘛！"

他们进入了下一个弯道，闪电麦坤突然发现赛道中间停着一辆车，看不清楚样子，只有一个模糊的侧影。他赶紧踩住刹车，轮子摩擦地面发出吱嘎一声。他停了下来，差点儿没和辆老式的皮卡车来个亲密接触。

"我还以为这辈子见不到你了呢。"皮卡车边说边打量着闪电麦坤。

闪电麦坤瞪大了双眼，问道："老莫？"

"他还活着呢！"拉米雷兹也感到很惊讶。

老莫盯着闪电麦坤，说道："我知道你为什么到这里来。"

老莫往旁边一闪，闪电麦坤赶紧探过身去，想听听老莫要给他什么教诲。"你是要来喝一杯!"

　　说完,老莫转身就走。闪电麦坤被搞糊涂了,和拉米雷兹交换一下目光,赶快追了过去,却根本不知道要去哪里。

16

老莫领着他们进了小镇,一直开到一家"开口笑酒吧"的门口才停下。酒吧破旧的招牌挂在屋顶上。"你们知道吗,见到博士最喜欢的小家伙,这些老伙计一定会乐翻天的!"老莫喜滋滋地说。

他一把推开酒吧的门,里面回荡着怀旧的老歌,坐满了老式车。大家都在神侃,传出阵阵笑声,还有油罐叮当作响。闪电麦坤和拉米雷兹感觉仿佛回到了过去。

"停下！"老莫喊了一嗓子，酒吧里顿时静了下来，"别在那儿胡扯了，看看谁来了！"酒吧里的人都朝门口看过来，看到闪电麦坤两个，纷纷议论起来。

老莫欢快地和几个老朋友打招呼，然后领着笑嘻嘻的闪电麦坤和拉米雷兹走到后面的一张桌子边。老莫立刻和桌边的几位聊了起来，闪电麦坤和拉米雷兹跟在老莫身后，没有插话。等看清桌边几位竟是赛车界的大咖，闪电麦坤简直不敢相信自己的眼睛。"你快看看，谁在这儿！"

"谁呀？"拉米雷兹问。

"三位赛车界的传奇：'夜行侠'小月亮、'浪里白条'斯里弗、'飞天女侠'娜露丝。他们都是和博士同代的赛车界大咖。"闪电麦坤悄声说。

"'飞天女侠'娜露丝！"拉米雷兹没想到在这里会遇到这位女中豪杰，"她拿过三十八次冠军，太神了！"

闪电麦坤和拉米雷兹往前靠，去见老莫和他的朋友们。

"真没想到啊，我这把老骨头，入土前还可以见到大名鼎鼎的闪电麦坤。"娜露丝快人快语。

"娜露丝女士，很高兴见到——"闪电麦坤赶紧打招呼。

"你今年可真够背的呀！"娜露丝没等闪电麦坤说完，就直截了当地说。

这让闪电麦坤措手不及，他一时语塞："呃……可是，嗯——"

"他到这儿取经来了。"小月亮一语道破了闪电麦坤这次来的目的。

"希望能够重振雄风，对吧？"斯里弗也一下戳中要害。

这些大咖让闪电麦坤见识了什么叫作开门见山。"呵呵，你们讲话从来不兜圈子啊！"闪电麦坤看向老莫说道。

老莫笑了笑说："小子，有话直说，别藏着掖着，多痛快呀！"

整个晚上，闪电麦坤和老莫他们都在愉快地聊天。叉车甜甜茶唱了一首老歌，奇诺和卡布都看呆了。

"奇诺！她是个天使！"卡布一直舍不得将目光从甜甜茶身上移开。

一旁的闪电麦坤和拉米雷兹，则沉浸在几位大咖的传奇故事当中。他们如饥似渴地听着，生怕漏掉一句。

"露露从不承认，可是我们都知道，当年她可是一直暗恋博士的哟！"斯里弗爆了一条猛料。

"真的吗？"闪电麦坤好奇地问道。

"就算当年暗恋博士，我也知道不会有结果的。他不喜欢跑得快的女人……所以我就没戏了！"娜露丝倒是大大方方地承认了。

大家都笑了起来。

"露露不仅仅速度快，胆子还大呢。"斯里弗佩服地说。

"我看了第一场赛车比赛，就知道自己必须得参加。当然，那些说了算的家伙不想让女选手获胜，他们不敢让我参赛……"

"你做了什么？"拉米雷兹追问道。

"我偷了一个号码参加比赛！"娜露丝云淡风轻地说。闪电麦坤和拉米雷兹都以为自己听错了，悄悄交换了一个惊讶的眼色。"生命太短了，容不得犹豫，对吧，斯里弗？"娜露丝又补充道。

"要是等着别人告诉你该怎么做，那我们就永远不会参加比赛啦！"斯里弗附和道。

"是的，"娜露丝接过话头，"一旦下场开始比赛，我们就不想离开了。"

"我想博士一定也是这种感觉。"闪电麦坤推测道。

"谁都会有这种感觉的。"娜露丝肯定地说。

斯里弗想到蓝天博士,笑容出现在脸上,"你没看到博士刚到这儿时的样子,一身蓝,闪着光——他那会儿不叫蓝天博士,他管自己叫……"

"著名赛车蓝天博士!"他们齐声说道。回想起当时的情形,他们会心地笑了起来。

"那么爱炫耀!咱们什么时候开始教训他的?"隔了这么多年,娜露丝说起当年的事情还是那么火气冲天。

"很快!"小月亮答道。

"博士是密西西比河西岸跑得最快的选手!"斯里弗一脸的钦佩。

"直到有一次他被人超过。"老莫突然插了一嘴。闪电麦坤听老莫这么说,大吃一惊。

"当时出现了一只菜鸟。"

"怎么回事?"闪电麦坤特别想知道事情的原委。

老莫爽快地讲述了事情的经过,闪电麦坤的眼前浮现出当时的情景。一次，比赛进行得如火如荼，蓝天博士正设法突破重围。"博士没费吹灰之力，就超过了北卡和南卡两州的优秀选手。他超过了斯里弗，超过了娜露丝，甚至超过了小月亮。"老莫徐徐道来。他讲起当年几位大咖之间的竞争，但从没伤过和气，和闪电麦坤与卡尔、巴比、布克的关系差不多。

"可是博士还得对付这只菜鸟。"老莫接着说道。

他讲起这个菜鸟如何占据了领先地位，马上就要冲过终点了。博士一塌腰，使劲一蹿，就到了那个菜鸟的身后。菜鸟也不甘示弱，用车身紧逼博士，想逼他撞上围栏。"可是博士才不会这么轻易就范呢……除非他自己想这样。"

接着，老莫绘声绘色地讲述了博士职业生涯中最精彩的一次绝地反击。博士的半边轮子居然开上了围栏，借力腾空而起，在空中超过那只菜鸟，然后优雅地四轮落地，率先冲过了终点线！

"那只菜鸟做梦也没想到博士还会来这么一手。"老莫讲完了整个过程，赞叹不已。

听了这个传奇故事，闪电麦坤不敢相信博士竟然能够完成这么高超的动作。

"他居然腾空而起,空中超车?"拉米雷兹也感到十分不可思议。

"是呀,凭借这一跳,博士一战成名。"老莫仍然感慨不已。

几位大咖回忆着当年的精彩瞬间,开怀大笑。

"博士也很是得意自己这一惊人之举,赛后整整一个星期都乐得合不拢嘴。"娜露丝甜蜜地回忆道。

闪电麦坤听着博士的传奇故事,回忆起自己和博士在一起的点点滴滴,不禁悲喜交加:"真希望能够目睹博士往日的……"

"往日的什么呢?"老莫追问道。

"往日的快乐!"闪电麦坤说完,离开了开口笑酒吧。

17

老莫跟了出来，探询地问道："你大老远来这里，不是来喝一杯这么简单吧？"

"是啊，老莫，我来找你帮忙。"闪电麦坤坦诚地回答道。

"帮什么忙？"

"我也不知道，这就是问题所在。我只知道，要是我在佛罗里达输了比赛，我的职业生涯就完了。"闪电麦坤瞬间没了精神，"我将重蹈博士的覆辙。"

"他的什么覆辙？"

"你知道的，职业赛车生涯是他最辉煌的时刻，职业生涯结束后，他……怎么说呢，我们都知道他变了，不再是从前那个样子了。"

"你是这么觉得的吗？"老莫感到有些意外。

闪电麦坤没有回答，只是眨了眨眼睛，表示他正是这样想的。

老莫转身开走了，闪电麦坤赶紧跟了过去，不想让这个宝贵的机会溜走。他们乘着月色前行，闪电麦坤回味着老莫的每一句话。"你只说对了前半部分，"老莫开口说道，"车祸让博士大伤元气——'再也不能参赛了'让他伤心不已。他与赛车界一刀两断，到水箱温泉镇隐姓埋名……一晃就是五十年，这个家伙居然杳无音信……"老莫气得说不下去了，闪电麦坤赶紧上前安慰。他们回到老莫的修理厂，老莫打开卷帘门，领着闪电麦坤开了进去。"但是，突然有一天，博士一封接一封地写信给我，每一封信都是关于你的。"

闪电麦坤开进修理厂，简直不敢相信自己的眼睛。老莫修理厂的墙上挂满了与自己相关的各种东西——信件、照片、新闻报道。关于博士的一切如潮水般扑面而来，似乎博士此时此刻就和他们在一起，闪电麦坤激动不已。

"博士热爱赛车运动……可是说到指导你，我从没见那个家伙这么开心过。"老莫缓缓道来。

闪电麦坤的目光落到自己的一张照片上——照片上的自己兴高采烈地捧着活塞杯奖杯。旁边站着博士，头戴耳麦，笑容满面，充满了骄傲的神情。

"比赛并不是博士生命中最重要的东西，"老莫现在才告诉闪电麦坤真相，"你才是！"

听到这话，闪电麦坤大吃一惊。老莫的话让他一时难以接受。老莫知道这个时候应该让闪电麦坤好好静一静，就轻轻地退出了修理厂，留下足够的空间给他。闪电麦坤仔细看着墙上的照片和各种纪念品，脑海中满是有关博士的回忆。

突然，他仿佛又回到了水箱温泉镇博士的修理厂，博士面对面地和自己讲话：

"嘿，小子，准备好出出汗了吗？"博士问道。

"是的，我准备好了！"闪电麦坤痛快地答道。

又一个场景出现在眼前，当时闪电麦坤正和博士在外面训练：

闪电麦坤卡在了一条沟壑里，博士饶有兴致地看笑话，调侃道："嘿，你刹得那么猛，原来是想笑卧花丛中啊！"

还有一次，两人一起搞怪：

博士用引擎盖托着一大摞空油罐，摇摇晃晃地居然没倒。

"嘿，麦坤！你或许快如闪电，可是托罐天王在此。"博士得意地大笑起来。

他很怀念两人一起度过的美好时光：

在水箱温泉镇，绕着威利岗赛跑……

好一会儿，闪电麦坤才把思绪拉回现实，盯着墙上另一幅和博士的合照。他的耳边再一次清晰地响起了博士的声音："小子，前途无量啊！"

闪电麦坤尽情地回味了和博士在一起的点点滴滴，然后离开了修理厂。老莫在外面等着他。"博士在你身上发现了某种品质，连你自己都没意识到。"老莫语重心长地说，"你现在准备好去发现它了吗？"

闪电麦坤冲着老莫咧嘴一笑："准备好了！"

18

闪电麦坤又去叫上拉米雷兹,跟着老莫一起来到托马斯维尔赛车场。他们三个一进场,赛场的灯突然亮如白昼。

"好了,第一课!"老莫喊道,"你不再年轻了,要接受这个事实。"

"我告诉过他。"拉米雷兹立刻附和着。

老莫笑出声来,装着跟拉米雷兹说悄悄话,却故意让闪电麦坤听到:"他年纪大了,可能耳朵有点儿背。"

拉米雷兹故意大声重复了一遍老莫的话："他说你不再年轻了——"

"好了，我又不聋。"闪电麦坤气得不行。

"你永远都没有黑风暴杰克逊跑得快，但是你可比他聪明多了。"

"好吧，我该怎么……"

"听说你参加疯8撞车大赛去了。"老莫说，瞟了一眼闪电麦坤的外壳。

"是呀，那真是梦魇般的经历，我差点儿……"

"真的吗？"老莫又追问了一句，"你居然毫发无损？"老莫停了停，然后又说道："不必患得患失，参赛就可以创造奇迹呀！"

在佛罗里达国际赛车场，黑风暴杰克逊已经开始了场地训练，而且不断地带给观众惊喜。斯香农正在现场进行报道："黑风暴杰克逊今天居然跑出214迈的新纪录。"黑风暴杰克逊从容自若一阵风似的转过弯道,观众们惊讶地叫了出来。

在托马斯维尔赛车场,闪电麦坤的训练终于步入了正轨。哐当!地上多了一个大块头,是拉米雷兹从叉车上下来了。她换了一个新外壳,换上了赛车轮胎,奇诺在她车身的两侧都喷上了黑风暴杰克逊"2.0"的标志。没想到,还真像那么回事。

"要想打败黑风暴杰克逊,就需要有人假扮他,作为你的假想敌。"老莫毕竟经验丰富。

拉米雷兹非常不喜欢自己的新样子。众大咖一再给她做思想工作,帮助她尽快转换身份。

"看起来棒极了!"娜露丝甜蜜地叫了起来,"真像一个真正的选手啊!你看起来和黑风暴杰克逊一模一样。"

"真的吗?"拉米雷兹还是有些犹豫,"我可不是赛车选手,只不过是一个陪练。"

"来吧,跑跑看。"老莫招呼她。

拉米雷兹听了，发动了引擎，引擎咆哮起来！

"没有了消音器，你的引擎声听起来也像极了黑风暴杰克逊！"老莫赞不绝口。

"喂，闪电麦坤，你不行了。"拉米雷兹怯生生地说。很快，她就找到了感觉："别磨蹭了，赶紧拖着你的老寒腿上场，这样我可以早点儿送你回老家！"

听到这句狠话，大伙儿都惊讶地瞪着她，没想到她这么快就进入了角色。

"这么说行吗？"拉米雷兹小心翼翼地问道。

过了一会儿，闪电麦坤和拉米雷兹在起点排好，准备开始。"记住，"老莫对闪电麦坤说，"在佛罗里达，你起跑的位置会比较靠后，因为你错过了资格赛。"然后他又冲拉米雷兹点了一下头，"而黑风暴杰克逊会在杆位出发。我要你在三圈之内追上她。"

"整整绕着赛场跑三圈？"闪电麦坤抗议道。

"你到底想不想打败黑风暴杰克逊？"

"当然想——"

"那就别废话了。"老莫没有耽搁，立刻喊道，"开始！"

闪电麦坤和拉米雷兹出发了，沿着赛道跑了起来。闪电麦坤拼尽全力，却没法接近拉米雷兹，她率先冲过了终点线。拉米雷兹意识到自己赢了，禁不住高兴地叫了起来。

"好了，"老莫摸清了底，"看来我们得进行一些特别训练了！"

闪电麦坤和拉米雷兹很快就明白，老莫所谓的"训练"，与赛车选手在斯特林装备一流的赛车中心进行的训练截然不同。他们来到了一条安静的乡间小路。

老莫让奇诺站在一辆卡车的车斗里，冲着闪电麦坤和拉米雷兹砸稻草垛。他们只好左躲右闪。大家齐声呐喊助威，声浪盖过了呼啸的引擎声。

"反应速度最为重要！"老莫喊道。

就在这时，闪电麦坤被一个稻草垛砸了个正着！

后来，闪电麦坤和拉米雷兹来到了一个农场，一些拖拉机正在田地里悠闲地工作着。老莫朝着附近的大门开过去，把门关上了。

"咱们为什么到这儿来呀？"闪电麦坤好奇地问。

"见机行事！"老莫只说了这么一句。

"什么意思？"拉米雷兹问道。

老莫并没有回答她的问题，而是大喊了一声："开始！"

老莫突然发动引擎，吓唬这些拖拉机。拖拉机受了惊吓，慌不择路，四处乱跑。闪电麦坤和拉米雷兹吓得尖叫起来，被困在狂奔的拖拉机阵当中。

"天哪，这可不妙，大大的不妙！"拉米雷兹吓得叫了起来。

在另一轮训练中，老莫又让闪电麦坤在赛道上准备好，还是在落后拉米雷兹四分之一圈的位置。闪电麦坤这次跑得更卖力了，尽量缩小和拉米雷兹的距离，可是拉米雷兹还是赢得了比赛。

"赶快追上拉米雷兹。"老莫喊道。

老莫又让他们跑了几次,闪电麦坤想尽办法,拉米雷兹还是每次都率先冲过终点。

"你到底想不想离开这里?"老莫急得直叫,"小子,只剩下两天了!"他告诉闪电麦坤,要想赢得比赛,就得再好好练一练。

闪电麦坤非常沮丧,他从没有这么努力地训练过,可是似乎还远远不够。而且,他的训练时间所剩无几。

19

在佛罗里达国际赛车场,黑风暴杰克逊正在模拟器上进行训练。他的速度非常快,倏地就超过了一辆红色赛车。"那是什么?"他奇怪地问道。

黑风暴杰克逊的后勤组长嘻嘻一笑:"我把闪电麦坤放了进去,给你练练手!"

黑风暴杰克逊和后勤组长哈哈大笑起来。

在托马斯维尔，闪电麦坤自我放逐到远离一切高科技设备的乡下。一天晚上，老莫、闪电麦坤、拉米雷兹和几位赛车大咖，在一间驶入式放映厅中观看蓝天博士的录像。屏幕上的博士身处一堆赛车当中，正在寻找机会突围出去。他离前面的选手很近，几乎就要碰到了。闪电麦坤和拉米雷兹完全被吸引住了，急切地想看看博士如何处理这种情况。

"博士很善于利用一切有利的条件。"老莫解释着这种战术。

斯里弗插了一嘴："博士过去常说，你要像块狗皮膏药一样贴住前车！"

"这招儿是他从我这里偷学的！"小月亮嚷道。

他们看着博士突然从后面钻出来，超过了小月亮，超车时还冲着他一龇牙。

"搭顺风车？"闪电麦坤看明白了，"我可从来没这么干过。"

"当然了，"老莫说，"你原来速度很快。现在你的速度不快了。"

"又老。"斯里弗补了一刀。

"又旧。"娜露丝也伤口撒盐。

"又破。"小月亮也没放过闪电麦坤。

"好了，好了，我懂了！"闪电麦坤叫道，不想再提这茬了。

"你现在需要学会利用以前忽视的那些机会。"老莫谈起了正经事。闪电麦坤看完了比赛的录像，慢慢领会着老莫的话。

第二天，老莫又领着闪电麦坤和拉米雷兹来到了上次去过的农场。

"见机行事！"老莫看他们困在慌乱的拖拉机阵中，冲着他们大声喊道。

闪电麦坤不断回想着老莫的战术，他看到两辆拖拉机中间有一个很小的缝隙，恍然大悟。

"你要干吗？"拉米雷兹还没明白。

"缝隙一出现，立刻钻出去！"闪电麦坤说道。他轻松地从两辆拖拉机的缝隙中钻了出去。"成功了——"他兴奋地叫起来。

闪电麦坤轻松自如地在拖拉机阵中穿行。拉米雷兹跌跌撞撞地跟在后面。看闪电麦坤钻缝隙的时候,她吓得不住尖叫,试了两次之后,她也能轻松地穿行了。

"成功了!"她喊道。

"这就对了!"闪电麦坤也很高兴。

后来,还是在那条乡间小路上,闪电麦坤和拉米雷兹又进行了闪避稻草垛的训练。几位大咖在旁边观战,这次闪电麦坤成功地躲过了所有的稻草垛。

"好了,这不都掌握了嘛!"老莫看到他们的进步感到很欣慰。

天黑了,闪电麦坤、拉米雷兹跟着老莫和各位大咖开进了小镇旁边的森林里。"这是咱们的终极训练。"老莫神秘兮兮地说。

闪电麦坤和拉米雷兹面面相觑,不知道老莫葫芦里卖的什么药。

"在这儿?在森林里?"闪电麦坤不明所以地问道。

"要知道,晚上总是可以借助月光看路。"斯里弗提示着他们。

闪电麦坤和拉米雷兹还是没明白。

"要是晚上没有月光,我们就不必——算了,你们一会儿就明白了!"娜露丝懒得给他们解释。

"我们将要进行夜间训练!"小月亮实在忍不住就明明白白地告诉了他们。

"噢。"闪电麦坤终于明白了。这时,几位大咖突然关闭了前灯,闪电麦坤和拉米雷兹又糊涂了。

"夜间训练时不能开灯,"老莫淡淡地说,"只能凭自己的直觉!"

说完,几位大咖呼啸着冲进了黑暗的森林中。闪电麦坤和拉米雷兹也跟着开了进去,可他们的速度要慢得多,小心翼翼地躲闪着树木和沟坎。没开车灯,周围漆黑一片,让人非常紧张。

闪电麦坤渐渐学会了轻松地在黑暗中前行,感到不那么害怕了,渐渐地还发觉这样很有趣。他兴奋地叫了起来。他的车身被树枝剐破了,斯特林给他换的高科技外壳裂开了,开着开着,整个外壳掉了下来,露出里面的车漆,还是雷蒙在他离开水箱温泉镇那天喷的。很快,闪电麦坤和拉米雷兹就超过了前面的所有大咖。

"你们好!"娜露丝跟他们打了声招呼。

"感觉太棒了——"闪电麦坤兴奋地叫着。

这么久以来,只有这一刻,身披月色,笑声荡漾,闪电麦坤才第一次享受到飞驰的乐趣。此时此刻,他觉得一切皆有可能。

20

在佛罗里达国际赛车场外,众多记者正在采访"升级版"赛车选手,询问他们对于闪电麦坤的看法。

"闪电麦坤还没到吗?"一辆"升级版"赛车问道,"他不就是在这里成名的吗?我是听我爷爷说的。"

"我觉得他最好还是别来参赛了,毕竟上个赛季他状况频出。"另一辆"升级版"赛车说道。

"我是这么觉得的,"又一辆"升级版"赛车插话说,"我一点儿都不在乎闪电麦坤在哪儿。"

在托马斯维尔赛车场,老莫冲着闪电麦坤和拉米雷兹喊道:"好了,没时间了,咱们再来赛上一场吧!"

麦克催促他们赶紧进行最后的准备,然后就该起程去佛罗里达了。

他们各自站到自己的位置。"我这次赢你不费吹灰之力!"拉米雷兹继续学着黑风暴杰克逊的样子,冲着闪电麦坤挑衅。

"休想!"闪电麦坤斩钉截铁地说。

这时,老莫突然喊了一声:"开始!"他们立刻冲了出去。闪电麦坤感到自己的速度提高了,跟以前相比,自己的马力更强劲了,他逐渐缩小了和拉米雷兹之间的距离。

过了第一个弯道,闪电麦坤居然追到了拉米雷兹的身后。各位大咖兴奋地在场边观看他们的比赛,两人现在势均力敌!

"小子，加油！"老莫紧张地低声给闪电麦坤鼓着劲儿。

闪电麦坤一发力，一下子超过拉米雷兹，取得了领先的位置。可是拉米雷兹很快又夺回了自己的领先地位，把闪电麦坤挤到了后面。他向旁边一突，又一次领先了！进入直道时，他们咬得很紧，交替领先。

闪电麦坤终于抓住一个机会，他拼尽全力，超过了拉米雷兹！这是他赛前的最后一搏，胜利似乎在向他招手！

可是拉米雷兹往下一塌腰，猛一加速，又超过了他，还拉开了和他的距离，闪电麦坤再也赶不上了。闪电麦坤仿佛听见解说员达伦的声音："闪电麦坤落后了！闪电麦坤落后啦！越来越落后了！"他想起了那场改变了一切的车祸。

拉米雷兹把闪电麦坤远远地甩在后面，一溜烟地冲过终点线。她非常兴奋，忍不住高声地叫了起来："太棒了！太好了！"她突然意识到自己的胜利意味着什么——对于闪电麦坤来说，意味着什么。

闪电麦坤感到非常震惊，极度失望。老莫和几位大咖也都意识到了闪电麦坤失败的意义，纷纷低下了头。闪电麦坤看了看拉米雷兹，没说话，转身开走了。

"对不起,我没想到……"拉米雷兹感到非常尴尬。

闪电麦坤开到老莫和几位大咖身边。他深吸了一口气,不知道该说点儿什么,该做点儿什么。

"呃,老大?"麦克叫道,再一次提醒闪电麦坤该出发了。

"非常感谢你们对我的训练。"最后闪电麦坤说出这句,停顿了一下才继续说,"我们,呃,得出发去佛罗里达了。"

21

佛罗里达国际赛车场里人声鼎沸、热闹非凡。大量车迷拥上看台，各车队正在紧张地进行赛前准备。鲍勃、达伦和其他解说员兴奋地交谈着。

"今天即将进行的必定是一场精彩的比赛！"鲍勃兴奋地说道，"在滨海的佛罗里达国际赛车场，即将举行的是佛罗里达500大赛，这是活塞杯新赛季的首场比赛。"

"是的。"达伦附和道，"现场共有四十三位选手和二十五万名观众，共同期待着这场关于策略、技巧及速度的大赛。大家都盼望有一场精彩的比赛！"

在水箱温泉镇，荔枝婆、小红和警长正在观看直播，等待这场大赛的开始。

在直播工作间，塞娜丽加入了鲍勃和达伦。她指着自己的数据图开心地说："鲍勃，我从来没见过黑风暴杰克逊的数据像今天这么完美。今天，黑风暴杰克逊势不可当，获胜的可能性高达98.6%。"

在雷霆谷，疯狂迈丝和疯8的各位选手正聚在一起观看大赛的电视直播，听到闪电麦坤的名字，他们激动得大叫起来。"惠切特！"疯狂迈丝嚷道，"惠切特——"

比赛即将开始，各支车队都在紧张地准备着；后勤组一遍一遍地检查，确保万事俱备；广播员们也热烈地讨论着观众们关注的焦点。

"听说闪电麦坤采用了非常特殊的训练方法。"鲍勃介绍道，"现在就让我们拭目以待，看这种特殊方法是否可以扭转乾坤！"

闪电麦坤一个人待在拖车里，里面倒是非常安静，他尽力集中注意力。"我就是速度。"他底气不足地说,接着叹了口气,"速度不行了。"

突然,拖车外响起敲门声,吓了他一跳。

"老大,"原来是麦克,"该去检录了!"

闪电麦坤深吸一口气,从拖车里出来了。他刚到维修站,杰夫就拦住了他。

"嘿,麦坤!"杰夫叫道,"祝你好运!给我们这些老伙计争口气!"

闪电麦坤笑了起来,摆出信心十足的样子说:"没问题,杰夫!"

水箱温泉镇的朋友们都在维修站里,他们穿着统一的95号服装,十分醒目。板牙还戴着一顶活塞杯奖杯形状的帽子,上面带着一个大大的95号标志。

"哥们儿!"板牙喊道。

"伙计们,你们好!"闪电麦坤打了声招呼。

"你准备好了吗?"莎莉问道。她看出闪电麦坤并不像以往那样信心十足,不禁担心起来。

"当然了!"闪电麦坤振作起来,不想让莎莉担心,"你来了，我就准备好了！"

拉米雷兹也过来了，看到她乔装打扮成黑风暴杰克逊的样子，大家都乐了。她和闪电麦坤也相视一笑。

可就在这时，黑风暴杰克逊刚好路过，他盯着拉米雷兹车身上的"2.0"标志看了半天。"快看，"他语带嘲讽地说，"真是身不错的打扮，居然在这儿遇到了我的头号粉丝！"

"她才不是什么粉丝呢，别自作多情了！"闪电麦坤冷冷地打断了他。

黑风暴杰克逊装作才看到闪电麦坤的样子，挤出一个虚伪的笑容。"我当是谁，这不是前世界冠军嘛！"他假模假样地说，"听说你以后要卖挡泥板了？"说完，也不等闪电麦坤回答，一转身开走了。开远之后，他还故意回过头来喊道："喂，第一个挡泥板可得卖给我呀！"

闪电麦坤努力压住火气，不跟黑风暴杰克逊一般见识，开到了起跑的位置。闪电麦坤的位置排在最后，他有些紧张地转动着轮胎。这时，闪电麦坤可爱的小粉丝马迪突然看到了他，兴奋地叫了起来："闪——电——闪——电——麦——坤——"

闪电麦坤听到马迪的喊声，朝观众席望去，冲着她笑了一下。闪电麦坤从来没像现在这么紧张过，他真不想让自己的粉丝失望啊。他闭上眼睛，深吸一口气，重新调整好自己。

这时，耳麦中突然传来了斯特林的声音，这让闪电麦坤感到一阵心烦："你好吗，闪电麦坤！"

闪电麦坤朝维修站看过去，没想到斯特林真的在那儿呢，他也戴着耳麦。"你好，斯特林先生。"闪电麦坤赶紧打了声招呼。

"世界冠军，别忘了，这次比赛至关重要啊！"

"是的，"闪电麦坤又紧张起来，"至关重要！"

这时，耳麦中传来了老莫的声音："小子，别想那么多，专心比赛！"

看到老莫出现在场外指导的位置，闪电麦坤才放松下来。"谢谢，老莫！"他将目光转回赛场，做好了赛前的准备。绿旗一摆，闪电麦坤冲了出去！

"嘣——嚓——嚓——比赛开始了！"达伦兴奋地叫道。

总的来说，闪电麦坤开局相当不错，他一路向前赶超，现场的观众兴奋地为他呐喊助威。"好样的，小子！"老莫说，

"让他们看看咱们的本事！"

闪电麦坤微微一笑，心里更加放松了。他全神贯注，不停地超越其他选手。

看到闪电麦坤状态不错，维修站中的板牙和莎莉相视微笑——他们也放下心来，为闪电麦坤感到高兴和骄傲。

"闪电麦坤在比赛的前半段一直稳步推进。"鲍勃及时播报着比赛的进展。

塞娜丽突然插了一句："但不足以赶上黑风暴杰克逊！"

"也许吧，可别忘了，他上次比赛以车祸告终，这次的表现好多了！"达伦补充道。

闪电麦坤发挥得越来越出色，连续赶超了更多的选手，已经从最后一名追到了二十几名的位置。

"还不赖！"老莫轻松地说，"继续努力，就可以进前十名了！"

"光进前十名可不够呀，老莫！"闪电麦坤下定决心赢得冠军，"我会一路向前的！"

"好的，那么加油吧！想想咱们进行的训练，追上黑风暴杰克逊，超过他吧！"

拉米雷兹兴奋地对老莫说："告诉他，再有三圈，就追上我了！"

"拉米雷兹说你还有三圈就——"老莫的话还没说完，闪电麦坤就明白了："帮我谢谢她。"

这时，斯特林开到拉米雷兹身边，板着脸告诉她回赛车中心去。

"为什么？"拉米雷兹奇怪地问道。

"你得训练科特，让他做好准备参加下星期的比赛。呃，等一下，科特不行，他眼睛怕虫子，对吧？那就换一个——罗纳德，对，就他吧！"

闪电麦坤通过耳麦听到了他们之间的对话。

"我想待在这儿，观看——"

斯特林打断了拉米雷兹的话："不行，拉米雷兹。现在回去吧！"

"但是麦坤先生还是有可能赢的！"拉米雷兹还在为闪电麦坤争取着。

"让你做什么，你就做什么好了！"斯特林咆哮道。

拉米雷兹吓了一大跳，没想到斯特林火气这么大。

"去掉阻流板和赛车轮胎，你的样子真滑稽！"斯特林继续吩咐。拉米雷兹只好离开了，斯特林还在后面冲她喊道："别忘了，你只不过是个陪练，不是赛车选手！"

拉米雷兹难过地转过身来，回答了一句："明白，老板。"

闪电麦坤听到斯特林这些伤人的话，脑海中闪过了自己和拉米雷兹接触的种种画面。他想起自己在雷霆谷冲着拉米雷兹发的那顿脾气："你要是个赛车选手，你就知道我在说什么。但是你不明白，因为你不是一个赛车选手！"他想起她化装成黑风暴杰克逊"2.0"的样子，想起第一次在模拟器上见到她的样子。他突然意识到她很快就学会了在沙滩上比赛，在托马斯维尔赛车场她也很快就掌握了漂移技术。他还记起来，拉米雷兹说："我一直都想成为一名赛车选手！是你，让我有了这个梦想！"自己当时多么意外啊。他想起训练过程中，拉米雷兹每次都取得了胜利，甚至在自己超到前面的时候也不例外。他还想起拉米雷兹曾经告诉过他，在她第一次比赛时，比赛还没开始，她就离开了。"那是我唯一的机会，可是我居然没有把握住。"

闪电麦坤的思绪突然回到了现在，他感到一阵慌张。他将目光投向人群，紧张地找寻着拉米雷兹。他看到拉米雷兹正离开体育场。这时前方赛道上突然出现了车祸。

"2号弯道出现车祸！注意减速！注意减速！"老莫在耳麦中指挥着闪电麦坤。

闪电麦坤灵活地绕开车祸区域，停下了车。然后他冲着老莫喊道："我需要拉米雷兹！"

"现在可没时间，小子——"

"不，我现在就需要她回到这儿来。现在，让她回来！"闪电麦坤边喊边驶向了维修站。

拉米雷兹这会儿离开了停车场，正没精打采地往赛车中心开。她收听着广播中的赛况播报，听到发生了车祸，越来越担心闪电麦坤的状态。这时，车上配备的电话系统汉密尔顿的声音响起来："我是汉密尔顿，惠切特来电。"

"惠切——麦坤先生？"拉米雷兹感到非常意外。

紧接着，闪电麦坤就对他后勤组的成员大声喊出了一系列指令:"伙计们,赶快准备好。卡布和奇诺——轮胎!辉哥——汽油!"

拉米雷兹回到维修站,眼前混乱的情景让她摸不着头脑:"我来啦。这是什么情况?"

卡布、奇诺和辉哥一齐冲向闪电麦坤,却被他阻止了。"不,不,不!不是我,是她。"他边说边指向了拉米雷兹。

"她怎么还在这儿!"斯特林嚷道。

"伙计们,快点儿!帮她准备好,快!"闪电麦坤喊道。

后勤组冲到拉米雷兹身边,立刻开始工作。

"等一下,到底是怎么回事?"拉米雷兹迷惑不解地问。

闪电麦坤看到雷蒙,把他叫了过来,问道:"你带喷漆了吧?"

"那是当然了。"雷蒙答道。

这时,其他选手都完成了进站维修加油,纷纷开回了赛道。闪电麦坤后勤组的成员加快速度给拉米雷兹做最后的准备工作。

"太让人费解了,"达伦从播音间探出身来看了看,"闪电麦坤怎么还在维修站里呢?一定出了什么问题吧?"

"麦坤先生?"拉米雷兹叫道,希望闪电麦坤解释一下。

"择日不如撞日,就今天吧,拉米雷兹。"闪电麦坤说,"今天就是你的机会!"

"什么?"拉米雷兹还是没明白。

"我已开赛,你来跑完吧。"闪电麦坤信心十足地说。

斯特林皱着眉头怒吼着:"不!她会毁了这个号码的!她只是个陪练!"

"不,她是个赛车选手。"闪电麦坤骄傲地看着拉米雷兹,"我也是刚刚才发现的。"

"你们不能这么干,"斯特林咆哮道,"这是违规!"

老莫笑了出来:"比赛规则只是规定这个号码参赛,但是并没有规定谁使用这个号码!"

"不行!"斯特林气急败坏地朝拉米雷兹冲了过去,板牙拦住了他的去路。

"我告诉过你吗?我非常喜欢你们的挡泥板!"板牙闲扯起来,拖住了斯特林。

"笨蛋,走开!"斯特林粗鲁地说,想绕过板牙。可是板牙不停地挪着步子,总是挡在斯特林面前,不让他接近拉米雷兹。

"你知道吗？我买了钓鱼专用的挡泥板，还买了婚礼专用的挡泥板。留着用嘛，总有用上的一天！"板牙还在东拉西扯。

闪电麦坤看到其他选手都已经绕场半圈了，他不停地催促着后勤组："我们得让她上场了！快——好了吗？"

"轮胎，完毕！"卡布喊道。

"汽油，完毕！"辉哥喊道。

"雷蒙，好了吗？"闪电麦坤问道。

雷蒙抬起了头，夸张地将油漆桶往地上一摔，油漆桶骨碌碌地在水泥地面上滚开了。雷蒙向后退了一步，给大家展示他的成果。"老大，时间有限，我尽最大的努力了！"

大家立刻盯住拉米雷兹，只见她现在焕然一新。"行了，"闪电麦坤赞许地说，"没问题了！"

拉米雷兹看着车身侧面的95号，感到非常激动。"你为什么这么做？"她问道，"你不是说，这或许是你最后一次机会吗？"

"这是我的最后一次机会，却是你的第一次机会，拉米雷兹。这次，我希望你好好把握！"闪电麦坤从容地说。

拉米雷兹不知道该说什么好，她冲闪电麦坤微微一笑，一切尽在不言中。

场上的选手跟着先导车绕场滑行着。

"她上场得跟着先导车。"老莫说道。

"不！不！不！"斯特林喊道，"你们不能这么干！"他想拦住拉米雷兹，不让她上场。板牙还是挡在他面前，拦住了他。

"过了这个村，就没这个店了！"老莫提醒大家。

闪电麦坤盯着拉米雷兹的眼睛问道："你觉得呢？"

拉米雷兹一加油门，蹿出了维修站，朝赛道开去。

"哎呀——不错呀！"闪电麦坤嚷道，"出站速度高达35迈！"

"我故意的！"拉米雷兹喊道，加入了黄旗后面的选手队伍中，准备开始比赛了。

22

"我从没见过这种情况，"鲍勃大为惊叹，"闪电麦坤队居然派出了另一辆赛车，代表95号参赛！"

"我简直不敢相信自己的眼睛！"达伦也感到非常意外。

黑风暴杰克逊的后勤组长看了一眼黑风暴杰克逊，问道："你看到了吧？"

"看到什么，那个扮成95号的女孩儿？开什么玩笑？闪电麦坤居然派她参赛了？"

"绿旗一挥,比赛再次开始!"鲍勃宣布道。

看到绿旗摆动,选手们发动引擎,出发了。引擎巨大的轰鸣声吓了拉米雷兹一跳,她的速度慢了下来。引擎再次发出巨大的轰鸣声,拉米雷兹吓得僵在自己的赛道上。

"哎呀,拉米雷兹,愣着干吗?"老莫问道,"加速呀!"

拉米雷兹没有回答,她太害怕了,不敢动弹了。

"试试管她叫贝弗丝,告诉她疯狂校车在后面追她呢!"闪电麦坤建议道。

"什么?我才不呢!"老莫有点儿不习惯。

"相信我,没错的。"闪电麦坤坚持着。

老莫把话转达给了拉米雷兹,拉米雷兹开始一愣,然后脸上慢慢露出了微笑。"哈哈,好的。"她渐渐找到感觉了。

"不错呀,有效果了。"老莫也注意到了这一变化。这时,老莫注意到拉米雷兹只知道照直往前开,不会灵活调整。"拉米雷兹,你太紧张了。"他着急地说,"放松!"

"告诉她,她是天上的一片云!"闪电麦坤叫道。

"什么?我才不呢!"老莫又拒绝了。

"老莫,听我的。"闪电麦坤还是坚持。

"呃，拉米雷兹，你是天上的一片云。"老莫勉强地重复着闪电麦坤的话。

"噢……太紧张了。我是天上的一片云，我是天上的一片云。"拉米雷兹念叨着。她调整姿势，放松下来，一加速，赶上了前面的那些选手。在周围选手的带动下，拉米雷兹的速度也提了上去。通过第一个转弯时，拉米雷兹的车身向外圈甩了一下，似乎没想到自己的车速有这么快。

"转弯前要控制速度。"老莫提醒拉米雷兹，"比赛时别忘了用用脑子。"

闪电麦坤想了想，知道这个问题该怎么调整，他对老莫说："告诉拉米雷兹，她正行驶在沙滩上，可爱的小螃蟹要回家啦！"

"不！"老莫气得哼哼起来，"我才不会那么嗲声嗲气地说话。要说，你自己说吧！"老莫一摆手，让闪电麦坤到场外指导的位置来。闪电麦坤也没推辞，冲过去戴上了耳麦。在下面的维修站里，为了让莎莉快看闪电麦坤正在登上场外指导的位置，板牙冲了过去，差点儿撞到莎莉。看到闪电麦坤在新位置上游刃有余，两人交换了一下眼色，脸上露出了放心的笑容。

"好了，拉米雷兹……沙滩，"闪电麦坤轻声说道，"我需要你现在想想沙滩！"

"麦坤先生！"拉米雷兹听到耳麦中传出闪电麦坤的声音，高兴地叫出声来。

"是我，是我！想一想咱们在沙滩上怎么比赛的！"

"嗯，想起来了，选好线路，沿着线路前行！"拉米雷兹一时信心大增。

拉米雷兹继续向前开去，很快发现自己陷在一群赛车当中。所有的赛车都飞快地行驶着，还不停地设法将其他赛车挤到一边，拉米雷兹发现自己无法突围出去。"这怎么跟在模拟器上的感觉不一样呢！"她焦急地说。

"早告诉过你了！"闪电麦坤还不忘开个玩笑。

"快想想办法呀！"

"你知道该怎么做，想想咱们当时在托马斯维尔进行的训练！"

"托马斯维尔？"

"对呀，还记得'见机行事'吗？"

"噢,这句我听懂了!"老莫笑着插了一句。

拉米雷兹看了下周围,回想着进行过的训练,她把周围的赛车当作在托马斯维尔训练时的拖拉机。这时,她看到两辆赛车之间出现了一个空当,猛地蹿了出去!她继续使用这个方法,把其他赛车都看作拖拉机,慢慢地冲出了挤成一团的赛车群。

"现在我们了解到,代替闪电麦坤上场的那个选手名叫拉米雷兹。"鲍勃向观众介绍道。

"啊,我不知道她是谁。"塞娜丽惊叫起来,"我这儿没有她的数据!"

拉米雷兹继续穿过赛车之间的空当,很快赶上了那些"升级版"赛车。

"这是她第一次参加比赛!"达伦惊讶地和观众分享他的发现。

"对,不过据说她曾经获得过一次冠军,"这是塞娜丽找到的唯一关于拉米雷兹的信息,"在一个叫……雷霆谷的地方。"

在雷霆谷赛车场,疯8撞车大赛的选手们正在观看电视直播，听到雷霆谷赛车场的名字，全场沸腾起来，发出阵阵欢呼。

拉米雷兹现在自如地在"升级版"赛车中间穿行。闪电麦坤看了老莫一眼，两人不约而同地笑了起来。拉米雷兹每超过一辆车，胆子就变得大一点儿。

"这样就对了，"闪电麦坤又将注意力转到拉米雷兹和赛道上，"小心你的右边。"

"明白，谢谢！"拉米雷兹爽快地答道。

闪电麦坤兴致高昂，继续在场外指导拉米雷兹。他总是预先提醒拉米雷兹可能会遇到的问题，就像他自己在场上比赛一样准确；拉米雷兹听到闪电麦坤的警告和建议，也总是非常迅速地进行调整，两人配合得天衣无缝。

"现在，注意第三个弯道，小心轮胎打滑。"闪电麦坤提前预警。

"好嘞。"拉米雷兹闻言进行了相应的调整。

"内侧路面隆起——抬高车身，小心别撞上！"闪电麦坤又提醒道。

"现在就抬高吗？"拉米雷兹和闪电麦坤确认。

"是的,现在!"闪电麦坤果断地发出指令。

拉米雷兹立即抬高车身,躲过了隆起的路面。跟在她身后的一辆"升级版"赛车躲闪不及,车身刮到隆起上,飞了出去。

拉米雷兹擦着围栏,轻松地超过了另一辆赛车。闪电麦坤模仿起模拟器上单调的电脑语音:"撞围栏了!撞围栏了!"

"指导?!"

该进站了,拉米雷兹缺少经验,居然没减速,兴高采烈地朝维修站冲了过来,结果一下子开过了。

"呃,赶快倒回来。"闪电麦坤并没有生气。

拉米雷兹倒了回去,奇诺快速地换完了她的轮胎。他刚完工,拉米雷兹就冲了出去。

"好了,"闪电麦坤说道,"一个一个把他们甩在身后吧!"

"好嘞!"拉米雷兹现在对闪电麦坤言听计从。

"后面追上来了。"闪电麦坤提醒拉米雷兹注意身后的一辆"升级版"赛车。拉米雷兹又找到一个缝隙,钻了出去,拉开了和后车的距离。

"老莫,你看到了吗?"闪电麦坤问道。

"好样的,拉米雷兹!"老莫赞叹地说。

拉米雷兹又迅速地超过了几辆赛车,在第一梯队中的位置不断靠前。现场的观众也渐渐注意到了拉米雷兹的精彩表现,他们兴奋起来,不停地为拉米雷兹欢呼、加油,希望她能成为最后的黑马。

在黑风暴杰克逊的维修站中,他的场外指导突然警告他:"我得提醒你,那个叫拉米雷兹的朝你追过去了。"

"那又怎么样?"黑风暴杰克逊问道。

"她居然超过了一辆又一辆车,现在已经进入前十了!"黑风暴杰克逊的场外指导警告道。

闪电麦坤扶了一下耳麦,兴奋地说:"好了,好了,现在得啃几块硬骨头了。"

拉米雷兹在两辆车后面搭了一会儿"顺风车",然后把握时机超过了排在第四位的赛车,一个猛蹿,直扑第三的位置。现在,她离黑风暴杰克逊的距离很近了。

"拉米雷兹现在排到了第四的位置。"黑风暴杰克逊的场外指导急忙再次警告他。

"第四了？哈，好的。"黑风暴杰克逊还是一副不以为然的样子。

闪电麦坤和维修站里的人们一起欢呼起来。"拉米雷兹，这太令人难以置信了！"闪电麦坤兴奋地说，"还剩下三圈，保持住这个速度，稳进前五名了！"

现场的大屏幕切换到了拉米雷兹的镜头，整个赛场都沸腾起来，观众们齐声呐喊着她的名字。黑风暴杰克逊减了速，不屑地朝排在第二位的丹尼尔看了一眼。

闪电麦坤密切注视着黑风暴杰克逊的一举一动，他看到黑风暴杰克逊又减了一下速，让排在第二位的车超过了自己。他一定是在打什么鬼主意。看到黑风暴杰克逊继续减速，越来越靠近拉米雷兹，闪电麦坤不由得眯起了眼睛，思忖着对策。

"嘿，别装了，"黑风暴杰克逊粗鲁地说道，"你知道吗，看到你出现在场上，我还以为你的GPS定位系统坏了。你迷路了吗？"

"拉米雷兹，别听他瞎说！"闪电麦坤大声告诫道。

"你看起来不赖嘛！"黑风暴杰克逊继续干扰她。

拉米雷兹这时听到闪电麦坤继续告诫道:"他想让你心烦意乱!"

"居然上场比赛来了,"黑风暴杰克逊还在没完没了地说个不停,"不过是绣花枕头罢了,你倒表现出很厉害的样子嘛。没关系,他们不会知道到底发生了什么。你可以来装装样子,可是你永远都不会成为一名真正的赛车选手!"

说完,黑风暴杰克逊加速,把拉米雷兹甩在了后面。拉米雷兹听完黑风暴杰克逊的话,心头一紧,速度变慢了。黑风暴杰克逊又轻而易举地超过丹尼尔,稳居第一的位置。

"拉米雷兹,你知道刚才发生了什么吗?"闪电麦坤平静地问道。

拉米雷兹叹了口气:"嗯。黑风暴杰克逊真烦人。"

"不!不是这个!听我说,你没看出来吗?他之所以这么做,是因为你先让他心烦意乱了!你威胁到他了!"闪电麦坤循循善诱地说。

"真的吗?"拉米雷兹不敢相信。

"他在你身上看到了一种你自己都没发觉的品质。你让我相信了它的存在,现在你自己也需要相信它的存在——你是一名真正的赛车选手。"

闪电麦坤的话让拉米雷兹有一种醍醐灌顶的感觉,她瞬间觉得豁然开朗了。

"现在驾驭这种情绪!"闪电麦坤补充道,说了一句拉米雷兹的口头禅。

拉米雷兹的脸上慢慢浮现出一丝笑容,目光也变得坚毅起来。她调整好姿势,加大了油门!

23

"现在,她落到什么位置了?"黑风暴杰克逊得意扬扬地问道。

"看看你身后!"他的场外指导喊道。

拉米雷兹马上就要追上黑风暴杰克逊了。"早啊,黑风暴杰克逊!"她和他打起了招呼。

"等等,你怎么——"

"我这个头号粉丝只不过'搭个顺风车'罢了,"拉米雷兹调侃道，"没什么可担心的。"

"像狗皮膏药一样贴住他！"闪电麦坤重复着蓝天博士最喜欢用的这个比方。

黑风暴杰克逊左右拐来拐去，想甩掉拉米雷兹，可是拉米雷兹不断地调整方向，如影随形地跟着他。"太有趣了！"拉米雷兹故意说道，"嘿，开机，汉密尔顿——"

"我是汉密尔顿。"电脑语音响起来，拉米雷兹车上装载的语音助理启动了。

"测试一下黑风暴杰克逊的速度。"拉米雷兹下达指令。

"208迈，207迈。"汉密尔顿准确地报了出来。

"不许报了，快停下来！"黑风暴杰克逊听到自己的速度在下降，试图阻止汉密尔顿播报自己下滑的速度。

"205迈。"汉密尔顿继续播报。

"哟，速度不行了呀，黑风暴杰克逊！"拉米雷兹趁机取笑他。

"都怪你干扰了我！"黑风暴杰克逊气急败坏地说。

"拉米雷兹，多加小心！"闪电麦坤提醒着。

白旗挥舞，只剩最后一圈了，拉米雷兹还是紧跟着黑风暴杰克逊。

"最后一圈了，胜负在此一举！"老莫有些紧张。

"200迈，199迈！"汉密尔顿还在播报黑风暴杰克逊的速度。

"嘿嘿，"拉米雷兹轻松地说，"我的GPS告诉我前面车行缓慢，我最好超车到前面去！"

"你不可能获胜的！"黑风暴杰克逊咆哮道。

"哎哟，怎么生气了呢？"拉米雷兹故意说道。

"我才没生气呢。"黑风暴杰克逊尽力压住火气。

"要知道，你倒是可以利用一下这股怒火，开得再快一点儿——"

"我说了，我没生气！"黑风暴杰克逊恼羞成怒地叫道。

终点线越来越近了，拉米雷兹稍微一顿，想抢进跑道内侧，黑风暴杰克逊也轻轻一转，正好挡在拉米雷兹的前面，不让她过去。拉米雷兹当机立断，立刻从黑风暴杰克逊右侧让出的空当中插了进去，贴着围栏向前冲去！

"呀，想这样超过去啊，做梦吧！"黑风暴杰克逊歇斯底里地嚷道。他立刻向右侧压了过来，把拉米雷兹挤向围栏！

拉米雷兹和围栏发生了摩擦，火花四溅，疼得她大叫了一声。

"拉米雷兹！"闪电麦坤的心提到了嗓子眼儿，"快离开那儿！"

黑风暴杰克逊继续加力，恨不得把拉米雷兹挤扁，闪电麦坤心疼得看不下去了。"你不配参赛！"黑风暴杰克逊不可一世地说。

拉米雷兹深吸一口气，坚定地回答："我偏要参赛！"

拉米雷兹突然发力，轮子抵住围栏，借力腾空而起，从黑风暴杰克逊头顶飞了过去。这正是蓝天博士的那记绝招儿——凌空飞车！拉米雷兹这个高难度动作完成得十分舒展、优雅，全场观众目瞪口呆地见证了这一巅峰时刻。闪电麦坤的脸上浮现出一个大大的微笑！砰——拉米雷兹四轮着地，比黑风暴杰克逊率先通过终点线！

"拉米雷兹获得了冠军！"鲍勃兴奋地宣布。

拉米雷兹兴奋地叫了出来，不过她的声音被淹没在全场观众雷鸣般的欢呼声中。

"胜利了!"

"胜利了!"闪电麦坤也兴奋不已。

那个闪电麦坤的铁杆粉丝马迪,在观众席上兴奋地喊道:"拉米雷兹——我爱你!"

聚集在赛道边的水箱温泉镇的朋友们和坐在观众席上观战的各位大咖一同欢呼起来。

在雷霆谷的酒吧里,疯狂迈丝也兴奋地喊了起来:"胜利了!"

在水箱温泉镇,观看电视直播的警长和小红看到拉米雷兹获胜,兴奋地大叫起来。荔枝婆听到了,赶紧打听:"我又错过了什么吗?"解说员达伦赞叹道:"天哪!赢得真漂亮!"他看了看塞娜丽,发现她还一脸震惊,呆呆地盯着下面的赛场。

塞娜丽难以置信地看了看眼前的数据统计表。"是呀,"她的脸上也渐渐露出了微笑,"赢得真漂亮!"

看到拉米雷兹绕场一周,庆祝自己的胜利,闪电麦坤感到一阵难掩的骄傲。然后他通过耳麦对拉米雷兹说:"来吧,让大家见识见识你的厉害吧！"

拉米雷兹在赛场中央表演起了原地打转的高难动作，大笑着享受全场观众为她发出的震耳欲聋的欢呼。然后她开回闪电麦坤所在的位置，笑得上气不接下气。

"第一次都会这样，以后慢慢就习惯了！"闪电麦坤分享着自己丰富的经验。

斯特林没想到拉米雷兹能够赢得比赛，他的态度立刻发生了180°大转弯。他推开众人，想靠近拉米雷兹。"让开！让一让！让我过去！让开！"

斯特林这种蛮横的态度让各位大咖很不舒服，可是他还是推搡着挤了进去。

"我的拉米雷兹呀，"斯特林的声音甜得发腻，"我早就看好你！看看，得冠军了吧！你倒是可以到我的车队里效力了！我们一定能取得——"

"对不起，斯特林先生，"拉米雷兹打断了他，"我并不想加入你的车队！"

"那么就加入我的车队吧！"忽然响起了一个友好的声音。恐龙石油车队的老德靠近他们，按了下喇叭，和大家打招呼。"拉米雷兹，要是你能加盟恐龙石油队，我会非常高兴的！"老德风趣幽默地说，"众所周知，我们恐龙石油队拥有大量优秀的选手，只有那个卡尔不怎么样。"

"我可都听见了，老德。"卡尔知道老德在开玩笑。

"你愿意雇就雇吧，谁稀罕哪！"斯特林给自己找了个台阶下，然后又盛气凌人地对闪电麦坤说道，"闪电麦坤，你可得退役了，下星期一一早，来公司拍一组宣传照片吧！"

"好的。"闪电麦坤信守承诺，"没问题，斯特林先生。"

"喂，"老莫插了一句，"等一等！"

他们都抬头看向大屏幕，上面列出了本场比赛的名次：闪电麦坤/拉米雷兹获得第一名！斯特林大吃一惊。

"为什么我的名字也列为冠军了呢？"闪电麦坤不解地问道。

"因为开赛的是你，冲过终点线的是拉米雷兹，你们共同完成了比赛！"老莫耐心地解释道。

"等等，等等，等一下。"斯特林急得不知该说些什么。

"噢，当时的约定是这样的，"莎莉开了过来，"闪电麦坤赢了，由他来决定什么时候退役！"她莞尔一笑："我是他的律师。"

"太好了！"板牙高兴得大叫。"说话不算话！你这个人真不厚道！"板牙凑近斯特林说，"话说回来，你的挡泥板倒是质量可靠、价格公道，但是你现在最好还是离开吧！"板牙不客气地对斯特林下了逐客令。

"斯特林，"恐龙石油的老德赶紧过来打圆场，"咱们两个去喝一杯吧，好好聊聊！"

媒体记者围住了拉米雷兹，闪光灯刺得她睁不开眼。五花八门的问题像潮水般涌来。

闪电麦坤闪到一边，满脸骄傲地看着拉米雷兹，她获得的第一次胜利理应给她带来万众瞩目的荣耀。"博士，这个孩子前途无量啊！"他自言自语道。

莎莉来到闪电麦坤的跟前，笑眯眯地说："那是因为她有一个了不起的导师呀！"

闪电麦坤向莎莉投去一个会意的眼神。

"你做到了,你获得了博士梦想的机会。"莎莉轻声说道,"那么……你今后要继续比赛喽?"

闪电麦坤没有立刻回答,他想了一下,说:"我会继续比赛的。"然后又接着说,"可现在我要先做一件更重要的事。"

闪电麦坤非常享受赛车比赛,但他现在更想去一个地方:家乡。

24

水箱温泉镇阳光明媚,卡布正在发表热情洋溢的欢迎辞:"欢迎你们,欢迎大家来到威利岗,欢迎大家来见证今天的速度秀!"

水箱温泉镇的朋友们,加上恐龙石油的老德、老莫和赛车界众大咖,还有拉米雷兹以前训练过的"升级版"学员,欢聚一堂。拉米雷兹换了新装——披上了恐龙石油队的战袍,车身两侧写着大大的"51",十分醒目。她一出场,人们就爆发出热烈的欢呼声。

"谢谢大家!"拉米雷兹充满了自豪和骄傲。

"借光!给大帽子让个道!"一听就是那个搞笑的板牙。他今天戴了一顶超大的帽子,高兴地喊着:"做好了,51号!"

"这是一个伟大的号码!"老莫钦佩地说,"这是麦坤的主意,由拉米雷兹来接替蓝天博士的这个号码,博士会非常高兴的!"

"太好了!"拉米雷兹也很高兴。

"一股怀旧风。"莎莉补充道。

"有人说'怀旧'了吗?"闪电麦坤亮出了自己的新披挂,也是恐龙石油队的战袍,车身侧面的"95"旁边写着:伟大的闪电麦坤!

莎莉看到他的新造型惊讶地张大了嘴巴,他变得和以前完全不同了,她从没见他这么开心过。"旧貌换新颜了,伟大的麦坤先生。"她夸奖道。

"老大,和你太配了!"板牙由衷地赞叹道。

"外漆太酷炫了!"斯里弗啧啧赞叹。

"好像博士刚刚大学毕业回来了!"荔枝婆一语中的。

闪电麦坤来到起跑线旁的拉米雷兹身边,她认真打量着闪电麦坤的新造型。"哎呀,"她有点儿意外,"妙啊!"

"想到我是你的场外指导,咱俩的造型最好一致!"

"你披上恐龙石油队的战袍,斯特林没意见吗?"

"他的意见我不在乎,倒是想听听老德的意见!"闪电麦坤卖着关子,"因为他买下了除锈灵公司!"然后他冲着朋友们的方向喊道,"谢谢了,老德!"

大家闪开一条路,老德缓缓开了过来,平静地说:"我出了个大价钱,不容他拒绝!"

拉米雷兹过了一会儿才想明白,这件事对闪电麦坤意味着什么。

"那么,准备好开始训练了吗?"闪电麦坤问道。

"那么,准备好俯首称臣了吗?"拉米雷兹开起了玩笑。

"哈哈,希望你带上了幸运云哪!"

"哈哈,希望你带上了接油盘哪!"

"不光带了接油盘,我还好好睡了一大觉呢。"闪电麦坤不甘示弱,和拉米雷兹斗起嘴来。

"好的,放马过来吧,老家伙!"

"卡布？"闪电麦坤叫道。

卡布也开起了玩笑，根本不给拉米雷兹和闪电麦坤准备的时间，而是直接大喊一声："开始！"

闪电麦坤和拉米雷兹听到发令，赶紧冲了出去，大家一起欢呼起来。绕着威利岗的赛道，闪电麦坤和拉米雷兹，像当年的闪电麦坤和蓝天博士一样，并驾齐驱、一较高下！闪电麦坤知道博士会为自己感到骄傲的，不知为什么，他觉得博士就在自己身边……闪电麦坤相信自己已经做出了正确的选择！

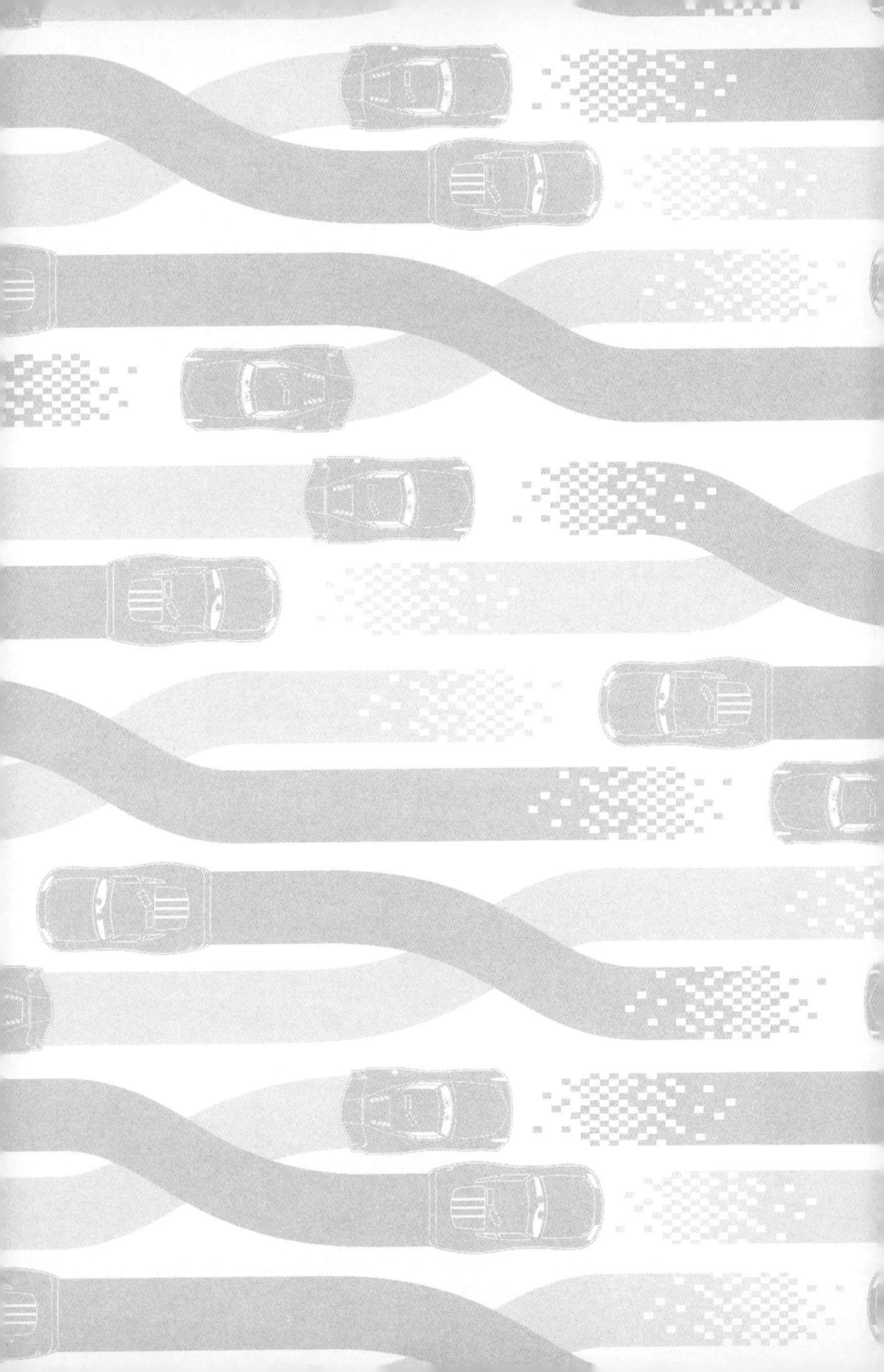

图书在版编目（CIP）数据

赛车总动员 3·极速挑战·迪士尼经典小说 / 美国迪士尼公司著；郑澈译 . -- 北京：中信出版社，2017.8
ISBN 978-7-5086-7642-5

Ⅰ. ①赛… Ⅱ. ①美… ②郑… Ⅲ. ①儿童小说 - 长篇小说 - 美国 - 现代 Ⅳ. ① I712.84

中国版本图书馆 CIP 数据核字 (2017) 第 094954 号

赛车总动员 3·极速挑战·迪士尼经典小说

著　　者：美国迪士尼公司
译　　者：郑澈
出版发行：中信出版集团股份有限公司
　　　　　（北京市朝阳区惠新东街甲 4 号富盛大厦 2 座　邮编　100029）
承　印　者：鸿博昊天科技有限公司

开　　本：787mm×1092mm　1/32　　印　张：6　　字　数：96 千字
版　　次：2017 年 8 月第 1 版　　　　印　次：2017 年 8 月第 1 次印刷
广告经营许可证：京朝工商广字第 8087 号
书　　号：ISBN 978-7-5086-7642-5
定　　价：35.00 元

版权所有·侵权必究
如有印刷、装订问题，本公司负责调换。
服务热线：400-600-8099
投稿邮箱：author@citicpub.com

©2017 Disney / Pixar